ひとかどの父へ

深沢　潮

JN196628

朝日文庫

本書は二〇一五年四月、小社より刊行されたものです。

目次

登場人物紹介

浜田朋美《はまだともみ》　この物語の主人公。
　　清子《きよこ》　朋美の母。美容師から転じて、経営者に。
　　夢奈《ゆめな》　朋美の娘。
黒沢崇《くろさわたかし》　フリー・ジャーナリスト。
孫由梨《ソン・ユリ》　朋美の友人で、ニュースキャスターを目指す在日韓国人。
浜田健一《はまだけんいち》　清子の兄。中華料理のコック。
　　幸子《さちこ》　朋美のいとこ。健一の娘。
　　康介《こうすけ》　幸子の弟。健一の息子。
金田晴美《かねだはるみ》　清子の美容学校時代の同級生。在日朝鮮人の女性。
杉原光男《すぎはらみつお》　晴美の家に居候する男。

ひとかどの父へ

プロローグ　朋美　二〇一四年

八月のソウルは予想外に蒸《む》し暑かった。

朋美《ともみ》と母の清子《きよこ》、そしてひとり娘の夢奈《ゆめな》の三人とも、広大な敷地の景福宮《キョンボックン》を歩き回ってばてててしまい、市内観光を早目に切り上げてホテルに戻ってきた。

会社を自ら営む母はパワフルだと思っていたが、七十を過ぎてからは体調を崩しがちになった。すっかり体力も落ちてしまったようで、さっきまで部屋で仮眠し、その後スパに行った。

贅沢嗜好《ぜいたくしこう》な母に合わせて選んだウェスティン朝鮮《チヨスン》ホテルのエグゼクティブフロアーに滞在している。ここは立地も良く、中学三年の夢奈の物欲を満たす明洞《ミヨンドン》の街からもほど近い。

シャワーを浴びて喉《のど》が渇いた朋美は、エグゼクティブフロアーの宿泊客専用ラウンジにやって来た。

ラウンジはカクテルタイムで、白人のビジネスマンらしき男性二人組がビールグラスを片手に議論を交わしていたり、中国人のカップルがコーヒーとスイーツを前に微笑《ほほえ》みあったりしている。

ガラス窓越しに見下ろせるソウル市庁前の広場では、もうすぐ野外コンサートが開かれるらしく、多くの人びとが集まっていた。ワールドカップの際は、この広場に設置されたスクリーン前にものすごい数の群衆が集まって圧倒されたことを思い出す。

自分と韓国との逃れられないつながりを考えながら、ひとりでシャンパンを飲む。

朋美は、数え切れないほど仕事で韓国に来ていた。初めてライターとして取材に来たのが、一九九二年だ。その後韓流ブームがあって、頻繁に韓国絡みの記事を書くようになった。ドラマや映画、音楽、グルメや街の紹介など、韓国の事象に強いライターとして仕事はひっきりなしだったが、それも近年次第に減ってきて、一昨年あたりからはますます少なくなった。

「あ、オンマ《ママ》いたー」

K-POPに夢中で、韓国がとにかく大好きな夢奈が隣に座った。独学で韓国語を学んでいて、すぐに使いたがる。

「テレビはもういいの？」

「うん、また後で観るから。あたしもなんか飲むー」

そう言って席を立った。

多少の反抗はするが、屈託なく育ってくれたと夢奈の背中を見てしみじみ思う。

「私もいただこうかしら」母が現れて、朋美の向かいの席に腰を下ろす。

「サウナどうだった？」

「悪くなかったわよ」

母はフロアーの従業員にシャンパンを注文した。

夢奈が皿にフルーツを山盛りにして戻ってくる。

「ねえ、ばーば。明日はどこに行く？　ソウル楽しいよね。来てよかったよね。アッパ《パパ》も連れてきてあげればよかったよ」

興奮気味に言う夢奈は、初めての訪韓を満喫しているようだ。

「でもさ、ばーばが韓国初めてだとは思わなかったなあ」

「夢奈は、本当に韓国が好きなのね」母が相好《そうごう》を崩す。

「うん、韓国人の彼氏が欲しいかも。ＥＸＯ《エクソ》のチャニョルみたいな」

「よくわからないけど、それは韓国のタレント？」

「アイドルだよ。ばーば知らないの？」

夢奈は、ＥＸＯというK-ＰＯＰのアイドルグループがいかに中国や日本で人気があるか、自分がそのアイドルグループをどれだけ好きであるかについて熱心に語った。母は、愛《いと》おしそうに目を細めながら聞いている。

「夢奈と一緒で、ばーばもね」

母はそこでシャンパンを一口飲んだ。

「若い頃、ものすごく好きだった人が、韓国の人だったの」

朋美が驚いて母の顔を見ると、母は朋美に向かって頷きながらゆっくりと瞬《まばた》きをした。

「そうなんだー」夢奈が目を輝かせる。

「ばーばの好きな人って、どんな人だったの？」

「志《こころざし》が高くて立派な人だったわよ」

「かっこよかったの？」

「ええ、とっても」

「今でもその人のこと好き？」

「そうね」母は呟《つぶや》くと、窓の外に目をやった。

空に上弦の月が浮かんでいる。

「ずっと好きね。嫌いになりたくてもなれなかった」

「なら、別れなければ良かったのに」

「いろいろと事情があったのよ」

母は夢奈をまっすぐに見つめた。

「月を見るたびに、その人もこの月をどこかで見ているのかしらって思うと胸が苦しくなるの」

「そうか、ばーばの恋は、激しかったんだね」

夢奈はいっぱしの口をきくと、うっとりとした表情になる。

「その好きだった人のことは、死んだおじいちゃんには秘密だったんでしょ？」

夢奈には、祖父は早くに亡くなったと説明してある。込み入った事情を話すにはまだ幼すぎるからだ。

「ずっと心の奥にしまっておいたんだけど、ソウルに来たら、思い出しちゃった。それと、ばーばがまだ若い頃、親しくしていた一家もこっちの人たちで、たくさん思い出があるの」

「その人たち、どうしているの？　韓国にいるの？　会いに行けばいいじゃん」

「いつか会いたいわね」母の表情が翳《かげ》る。

「なんか、ばーば、韓国と縁があるんだねえ」

「隣の国なんだもの、縁が深いのよ。だけどいま、韓国人っていうだけで嫌ったり、ひどく言ったりする人たちがいるけど、夢奈は絶対にそういう人間にはならないでね。それと、韓国人だから好き、っていうのも良くないわよ。なに人だから、ということではなくて、ちゃんとその人を見極めなさいね」

「当たり前だよ。ばーば」

夢奈は、口をとがらせ、携帯の時刻表示を確かめる。説教臭い話だと感じると途端に鬱陶《うっとう》しがるのは、思春期だから仕方がないのかもしれない。

「M《エム》カが始まっちゃうから、部屋に戻ってるね」席を立って行ってしまった。

Mカとは「M COUNTDOWN」の略称だ。韓国のケーブルテレビの音楽番組で、夢奈は日本でも毎週欠かさずMカを観ている。

二人になると、どちらともなく黙りこんだ。

ようやくこうして心穏やかに母と向き合うことができるようになったとしみじみする。

一時期は、母と縁を切りたいとまで思っていた。

第一章　母のスキャンダル　朋美　一九九〇年

1

ドアが閉まる寸前に、朋美は日比谷《ひびや》線に飛び乗った。広尾《ひろお》駅を出発すると、車両がわずかに揺れた。肩で息をしながら、すぐそばの手すりにつかまる。ラッシュアワーを過ぎても車内は混んでいて、奥へ移動するのは難しい。横にいた若い女性と目が合う。朋美と同年代ぐらいで、背丈もほぼ変わらないが、すらりとしていて、朋美の三分の二ぐらいの体重しかなさそうだ。

値踏みするような眼差しに、消えてしまいたくなる。美しい顔に浮かぶのは、哀れみの表情かもしれない。いや、優越感ともいえるだろう。自分の方が綺麗《きれい》でスタイルがいい、そう確認するために朋美をしつこく眺めまわす女性がたまにいるが、彼女たちの視線は、朋美の心に引っかき傷を残す。

いたたまれない気持ちがふくらんでくる。踵《きびす》を返して、女性の視線から逃れ、ドアに向かい合うようにうつむき、息を整えた。

隣の六本木《ろっぽんぎ》駅に着くと、大勢の人が車内から吐き出されていく。降りる人と肩がぶつかり、舌打ちが聞こえて顔を上げると、先ほどの女性だった。ホームを急ぎ足で去っていく背中が怒っているように見える。

溜息《ためいき》を小さくひとつ吐《つ》き、そのまま週刊誌の中吊り広告に目をやると、今月十八日に行われる衆議院議員選挙にまつわる話題が見出しとなっていた。

一月二十四日に海部《かいふ》首相が衆議院を解散し、明後日の二月三日が公示日だ。黒々とした太字で「注目の候補者たち」と書かれた中吊りには、母の顔写真もある。

母はまわりに担ぎ上げられてすっかりその気になり、野党陣営から選挙に立候補する意思を表明した。朋美は、そんな母の行動を他人事のような冷めた目で見ている。母の虚像はずいぶんと一人歩きしているように思えた。

母にはきちんとした志や、確固とした主義主張があるようには見えない。単なる自己顕示欲の表れではないかと疑ってしまう。身の程知らずというものだ。

しかし朋美の思いとは裏腹に、マスコミに露出が多い母は、女性からの熱い支持が見込まれ、対立候補たちは戦々恐々《せんせんきょうきょう》となっているらしい。

視線を移すと、今度は車内広告が目に飛び込んでくる。

母が自信満々に微笑んでいるハマダコーポレーションの広告。照明の効果か、写真の修整技術のたまものか、その肌は透き通るように白い。くっきりした二重の目、高い鼻筋、きりりと引き締まった口元。四十代も半ばだというのに、不自然なほど皺《しわ》がない。

朋美の母の浜田《はまだ》清子は、自らを宣伝広告塔にしているのだ。

ハマダコーポレーションは、全国にチェーン展開するエステ事業の他に、スポーツクラブ、リゾートホテルなどを経営し、年商は百億近い。社長である母は、自身がエステティシャン養成学校の校長も務め、美の伝道師なるキャッチフレーズでメディアでも引っ張りだこだ。

大学に入学したばかりの頃、母娘の特集とやらで、週刊誌の取材を受けたことがあった。ニキビの目立つ顔にがっちりとした体形の朋美を見て、記者が苦笑したのを覚えている。きめ細かな肌のほっそりした母となんども見比べながら。それでも朋美はカメラマンのリクエストに応えてひきつった笑顔を必死に作った。

しかし、母と朋美のツーショット写真が全国の人の目に触れることはなかった。日航機墜落事故が起きたことで企画がボツになったと聞いたが、あまりにも朋美が母と似ていない、しかも可愛くないので、掲載をやめたのではないかと今でも疑っている。

腫《は》れぼったい一重瞼《ひとえまぶた》の目。アンバランスに分厚い唇。それらすべては父の遺伝子を色濃く受け継いでいるという。

父の顔をはっきりとは記憶していない。そもそも、ほとんど一緒に暮らしておらず、父との思い出があまりない。不意にいなくなって、突然戻ってくる、そんな感じだった。

父は帰ってくるたびに凮月堂《ふうげつどう》のゴーフルというめったに食べられない高級な菓子を買ってきた。甘えてせがむと遊んでくれるのが嬉しくてたまらなかったことは覚えている。丸い形のゴーフルは薄い生地で、おそるおそる前歯で嚙むと、パリっと音がしてきれいに割れた。さくっとした衣にはさまれたクリームは、いちご味が一番好きだった。

家には父の写真が一枚もなく、おぼろげな記憶の中で幼い朋美を膝に抱いてくれた父は、煙草の臭いがして、顎《あご》に大きなほくろがあった。

父のことを思うと、身体の軸が緩《ゆる》んでしまうような心もとない気持ちになる。朋美は手すりに背中をあずけた。窓に浮かび上がる、自分の顔を睨《にら》む。そこに母の面影はほとんどないと、あらためて思い知らされる。

指で強く目をこすってみる。これで少しは二重瞼に見えるだろうか。だが、一瞬目元の雰囲気が変わっただけで、すぐにもとの一重瞼に戻ってしまう。

やがて地下鉄が神谷町《かみやちょう》に止まり、ある一人の男の顔が思い浮かぶ。彼の事務所がある駅だというだけで、自然と笑みが浮かんでくるのだった。

2

東銀座《ひがしぎんざ》に到着し、地下鉄を降りた。駅から五分ほど歩いてアルバイト先の出版社に着く。七階建ての自社ビルは、入口を入ると左側のカウンターに各部署へ繋《つな》がる内線専用電話が備えてある。受付に人はなく、電話の向かい側は書籍を展示販売しているコーナーとなっていた。雑誌媒体を中心としている出版社で、奥の広々とした円形の空間には、雑誌を閲覧《えつらん》できるようにベンチがいくつか置かれている。

大学卒業後、とくにやりたい仕事もなかったので就職せずに漫然と日々を過ごしていたら、広告代理店に勤める世話好きな大学時代のゼミの先輩が、取引先の出版社のアルバイトを紹介してくれた。小説は好きだが雑誌をほとんど読まなかったので、その会社のことを詳しく知らなかったが、雑誌の売り上げと広告収入はかなりのもので、人気企業のようだった。

暇《ひま》を持て余していた朋美は、軽い気持ちでアルバイトを始めた。仕事内容は男性ファッション誌の編集部でのいわば雑用係だ。電話を取ったり、コピーをしたり、お使いに行く。アルバイトは他にもいて、ほとんどがライター志望やマスコミに就職希望の学生やフリーターで、彼らにはやる気満々な態度がみなぎっていたが、朋美は特に熱意もなく淡々と働いていた。

エレベーターで五階にあがる。十時きっかり、フロアー奥の編集部にいたのは広瀬《ひろせ》だけだ。編集部の人たちは遅くまで働くので、会議のある日以外は、ほとんどが昼頃に出社してくる。どこかに立ち寄ってから来る場合も多い。今は校了直後の時期でなおさら人がいなかった。

「浜田さん、おはよう」

広瀬が爽《さわ》やかに声をかけてきた。

「いつも早いですよね」

「俺、中途だから、一応ここでは新人ってことでさ。それに明日から出張なんで雑用も多くてね」

広瀬は三十過ぎくらいだろうか。偉ぶったところもなく、とても話しやすい。編集部の中には朋美を、苗字《みょうじ》や名前ではなくバイトさんと呼んで命令調でこき使う輩《やから》もいたが、そういう人に限って、見目麗《みめうるわ》しい女子大生のアルバイトにはデレデレして、しきりに飲みに誘ったりする。だが広瀬は誰にでも態度が同じで感じがよかった。

「コーヒー淹《い》れますけど、広瀬さんも飲みますか」コートを脱ぎながら尋ねる。広瀬は、「お、サンキュー」と片手を上げて応えた。

片隅の給湯スペースでコーヒーメーカーをセットしていると、編集部の電話が鳴った。慌《あわ》てて一番近いところにある電話をとろうとしたが、広瀬が先に受話器を持った。

「黒沢《くろさわ》さん、ご無沙汰《ぶさた》しております。はい、はい……あ、そうですね、はい……」

黒沢という単語を聞くだけで、身体の芯《しん》が火照《ほて》ってくる。低音のあの声でかかってきた電話を自分が真っ先にとりたかったと、いまばかりは広瀬の人の好さが恨《うら》めしい。

電話が気になりつつも、給湯スペースに戻り、コーヒーの粉を袋から計量スプーンですくった。

「浜田さーん」

大きな声で呼んだ広瀬は、「外線一番、黒沢さん」と受話器を指差していた。

心臓の鼓動が速くなってくる。

会社の電話で朋美を呼び出すなんて、どうしたのだろう。再来週の食事の約束がキャンセルになったのだろうか。なにか、よっぽどの急ぎの用事だろうか。

広瀬の目の前なので、感情を抑え、はい、と平然を装って電話に出た。

「やあ、朋美。明後日の夜、暇かな」いつもの低い声が耳に心地いい。

「え、あ、大丈夫ですけど」

このような突然の誘いは初めてだ。

「ふぐ食いに行くはずだった相手がキャンセルになったから、朋美を連れて行こうかと思って。浅草《あさくさ》なんだ」

「行きます、行きます。絶対に」声に力が入ってしまった。

時間と場所をメモして、電話を切る。内容を聞かれたかと思ったが、広瀬は少し離れた場所でなにかの書類を熱心に読んでいた。

地下鉄でのもろもろで気分が優れなかったが、黒沢からの電話一本で、一気に気持ちが明るくなった。我ながらゲンキンなものである。スキップしたいような心持ちで給湯スペースに戻り、鼻歌交じりでコーヒーを用意した。

会社には、別館のビルに社員食堂があり、社員とアルバイトは無料で昼食と夕食を食べられる。組合が強くて、福利厚生の手厚い会社なのだ。しかし、朋美の働く編集部の面々が食堂で食べる姿はあまり見かけない。彼らはグルメなので、昼から外で美味しいものを食べているに違いない。

社員食堂で、女性誌のファッションページを眺めながら一人でB定食の鯖《さば》の味噌煮《みそに》をつついていると、広瀬が、「ここいい？」と言いながら正面の席に腰を下ろした。

「鯖味噌も捨てがたかったな」

広瀬はそう言って、A定食の肉じゃがを箸《はし》でつまんだ。

「外で食べないんですか」

「節約しないとローンがね」広瀬は、にっと笑った。

適当に、「そうなんですか」と答える。さっきから黒沢と会うのに何を着ていこうかということで頭が占められていた。

「浜田さんさあ」

じゃがいもが口に入っているのか、もそもそとした調子で広瀬が話しかけてくる。

雑誌に目を落としたまま、「なんでしょうか」と答えた。会社の人たちは、朋美が浜田清子の娘だと知らないはずなので、まさか母の衆院選出馬の話題ではないだろう。

「連載終わってからも、黒沢さんと会ったりしてるの」

広瀬はやっぱり黒沢との電話の内容を聞いていたのだ。

黒沢は二ヶ月前まで署名記事の連載を持っており、朋美は担当の広瀬の使いで、神谷町にある黒沢の事務所に原稿を取りに行っていた。

「ごはんをご馳走してもらったりはしますけど」

雑誌から目を離し、広瀬の顔を見て、たいしたことではない、というニュアンスを込めて答えた。黒沢との楽しい時間を想像されたくなかった。自分だけの大事なものにしておきたい。

「もしかして、浜田さん、ファザコンっぽいの？」

「そんなことはありません」思わず口調がきつくなる。

「そうだよな。黒沢さんの方が、浜田さんのこと気に入ってんだもんな。原稿もバイク便じゃなくて、ずっと浜田さん指名だったしな。そういえば浜田さん、黒沢さんにフーディングされてたよね」

そう言って、朋美の顔を見て微笑む。上の前歯の間にたまねぎが挟まっている。

「フーディングって、どういう意味ですか？」

「餌付《えづ》けっていうか。黒沢さんさ、浜田さんが行くたびにお菓子くれたでしょ」

「まあ、そうですけど」

確かに原稿を取りに行くたびに事務所で茶菓を振る舞われ、帰りにお土産までもらった。黒沢はたいていぎりぎりの入稿で、朋美が訪ねて行ってから原稿を書き始め、事務所で小一時間待たされた。ファクシミリはずっと壊れているとかで直接取りに行っていたのだが、のちに、ちゃんと稼働しているのを目撃した。

お土産の菓子については、編集部あてにだと解釈して毎回広瀬に渡したから覚えているのも当然だ。とはいえ、餌付けという言い方にはカチンとくる。だから、たまねぎが挟まっていることは教えてあげないことにした。

「黒沢さんって、浜田さんぐらいのひとり娘がいるじゃない。二十年以上前に離婚してからまったく会ってないらしいけど。確か連絡も取れないって。それで、浜田さんが娘みたいに見えるんじゃないの。父親のような気持ちで子供に美味しいもの食べさせたいんだよ。娘の分も、浜田さんに好かれたいって感じ。切ないよなあ」

「え?」耳を疑い、思わず訊き返す。

「娘さんがいるんですか?」

「浜田さん、知らなかったの?」

「離婚したことは聞いていましたけど、娘さんのことは」

箸が止まり、それ以上食べる気力が失せてしまった。

娘みたいに見える。

その言葉を反芻《はんすう》すると、浮かれていた気持ちが萎《な》えていく。

そういうことだったのか。

そりゃそうだろう。見た目も悪く、性格も素直じゃない自分みたいな女が黒沢の恋愛対象になるわけがない。


半年ほど前、初めて黒沢の事務所を訪ねた。

午後三時過ぎで、西日が窓から射し込み、窓を締め切った部屋の中はクーラーが点いているにもかかわらずかなり蒸していた。換気も頻繁にはされていないのか、煙草の匂いと埃《ほこり》っぽさで空気が澱《よど》んでいて、息を止めそうになった。

積まれた書類の山の向こうに、二人がけのくたびれた黒い革製のソファが向かい合わせにある。間に置かれたコーヒーテーブルの上は大きなガラス製の灰皿が三分の一ほどを占めており、灰皿にはこぼれ落ちそうなほど吸殻《すいがら》が溜《た》まっていた。

ソファの一つに黒沢は座っていた。ジャーナリストというから、どんな風貌なのだろうとさまざまな想像を巡らしてきたが、気難しそうなその顔を見て、たじろいだ。

黒沢はベージュのスラックスに白いシャツを着ていて、一番上のボタンをひとつ開けている。入口のインターホンに応答したから、朋美の来訪には気付いているはずなのに、難しい顔をして書き物をしていた。朋美は、鍵が開いていたので、ノックをせずにドアを開けて事務所の中に入ったのだ。

「あのう、すみません」

声をかけたが、返事はない。

なんて失礼な人なのだろうと思った。おそらく年齢は五十代半ばぐらいだろうか。ぼさぼさの白髪交じりの頭髪を、掌《てのひら》でくしゃくしゃとかき混ぜている。

「すみませーん。資料を届けに来ましたが」

さらに大きな声を出した。すると、黒沢はこちらを向いて、「ああ」と呟き、朋美の手元を見た。

「それそれ。それがなかったから書けなかった。天安門事件当日の市民の声を集めてもらったんだ」

黒沢は書類と本の山を掻き分けるようにして朋美の近くに寄ってきた。

両手で封筒を差し出すと、黒沢は奪うようにそれを取り、資料を出してその場で読み始める。朋美には目もくれない。距離が不自然に近かったが、気に留める様子もなく、指に唾《つば》をつけて資料をめくりながら、真剣に文字を追っている。

朋美は少しずつ後ずさりして、三〇センチほど遠のいた。そのとき、黒沢が上目遣いでこちらを見つめた。

　動揺し、「あの」と声が出る。

「原稿の受け取りは、後でバイク便を寄越しますんで、終わりましたらご連絡をお願いします。で、私はこれで失礼します」

「チャイは好きか？」

「は？」まったく想定外の質問に狼狽する。

「チャイだ。インドの紅茶」

「好きも嫌いも、そのチャイというものを知りませんから」

「ミルクにスパイスが入っていて、うまいんだ。作ってやるから、飲んでいけよ」

　なぜこの人は命令口調なのかと不快だった。そんなものは飲まなくていいので、この汚い部屋から早く出たかった。

「あのう、私、会社に戻らないと」

「原稿はすぐ書けるから。今日入稿だから早い方がいいだろ。書き終わるまでここで待ってろ。広瀬には俺から連絡する」

「はあ」

「俺もちょうど飲みたかったんだ」

　そう言うと黒沢は電話をかけた。

「この子に原稿を持たせるから、それまでちょっと貸しとけ」

自分は貸し借りされるような「もの」ではないのだが、と反発を覚えつつも、好奇心から、チャイを飲んでみるのも悪くないかもしれない、また、ちょっと風変わりに見える黒沢ともう少し一緒にいてみようかとも思った。

黒沢は狭い流し台の前に立つと、ガスコンロの上に小鍋を置き、チャイを作ってくれた。朋美はほとんどクッションのなくなった硬いソファに座り、マグカップに入ったチャイを飲み、原稿が出来上がるのを待った。

初めて口にしたチャイは、濃いミルクティーに生姜《しょうが》やシナモンの風味がありスパイシーで、今まで飲んだことのない不思議な味だったが、嫌いではなかった。西側の窓の日差しもいつしか傾き、部屋がひんやりとしてきていたので、熱い飲みものも好ましく感じられた。

ソファから見て、横長のテーブルの先、部屋の奥に、年季の入った焦《こ》げ茶色の木製デスクがある。そのデスクの上だけは整然としていて、黒沢はそこでさらさらと万年筆を滑らせて原稿を書いていた。マグカップをデスクの上に置いたままにして、チャイにはほとんど口をつけていない。

朋美は部屋の中を見回してみたり、黒沢が原稿を書く様子を見守ったりしていたが、そのうち退屈してきたので、バッグから文庫本を出して読み始める。しかし気が散ってなかなか読み進められなかった。

灰皿の横に文庫本を置き、今度は勤務先の出版社が刊行したハードカバーの本をバッグから出す。編集部の人が「まあまあ面白いから読んでみたら」とその日の朝にくれたものだった。最近書籍の分野にも力を入れ始めた会社が華々しくデビューさせた現役女子大生作家の本はさほど集中力を必要とせず、すらすらと読めた。

速いペースでページをめくっていると、本と朋美のあいだに、突然袋入りの煎餅《せんべい》が現れた。

「この草加《そうか》煎餅、絶品だから食べてみろ」

顔を上げると、黒沢がすぐ横に立っていた。強面《こわもて》に見えた顔は少し柔らかい表情になっている。

本を閉じて草加煎餅を受け取ったものの、開けずに手で持ったままでいた。

「ありがとうございます」とりあえず頭を下げる。

「あの、チャイも美味しかったです」

「そうだろ。この煎餅もいけるから」

黒沢は袋を犬歯で破ると、ばりっと音を立てて煎餅をかじった。咀嚼《そしゃく》しながら朋美の向かい側に腰を下ろし、コーヒーテーブルにマグカップを置いた。二つのカップは揃いのブランドものだ。

朋美は煎餅の袋を開けるか一瞬悩んだが、結局開けずに手に持っていた本とともにバッグにしまった。

「原稿は書けた。今回は天安門事件について。中国では、君と同じくらいの年頃の若者が、政府に抵抗して血を流したんだ。立派だと思わないか？」

突然質問されて、答えに窮《きゅう》した。

「よくわかりません」

黒沢は朋美の答えを聞いて顔をしかめると、マグカップの横にあった文庫本に手を伸ばし、表紙を眺めた。

「村上春樹ねえ」文庫本をぱらぱらと開く。

「で、さっき読んでた本はお嬢ちゃん作家の小説？」

小馬鹿にするように笑ったのに腹が立ち、朋美は眉をひそめた。文庫本を奪うように取り返し、バッグに乱暴に突っ込む。

「あの、原稿はどこに？」不快な気持ちを極力抑えて言った。

すると黒沢は残りの煎餅を口に放り込み、ぼりぼりという音を口元から漏《も》らした。そして、空になったビニールの小袋をそのへんに投げてから、自分のデスクに戻り書類袋を持ってきて朋美の目の前につき出す。

朋美は書類袋を受け取ってバッグに入れ、黒沢に背を向けた。わざと足音を立てて出入り口まで行き、乱暴にドアを開ける。

「おい」

呼び止められて振り向くと、黒沢は戸惑う朋美に、封の開いていない草加煎餅の大袋を強引に持たせ、「じゃっ、またな」と、ドアを閉めた。

右手に原稿とバッグ、左手に草加煎餅の大袋を抱えて、廊下にひとり佇んだ。わけがわからなかったけれど、自然と口元がゆるんで、軽く吹き出してしまった。


それから、神谷町の事務所にほぼ月に二回原稿を取りに通うようになった。黒沢が「こないだの子をよこして」と指定したのだ。

朋美が訪ねると、黒沢はなにがしかの菓子やときには菓子パンを出してくれた。説明がつくこともある。

「バームクーヘンを日本で初めて作ったのは、ドイツ人の菓子職人ユーハイムなんだ。彼は第一次大戦で日本軍に占領された青島《チンタオ》から連行されてきた」

「モロゾフのチョコレートは、ロシア革命から逃れて亡命したモロゾフ親子が作ったのが始まり」

「中村屋っていうと肉まんだろうけど、クリームパンを日本で初めて売った。それからインドの独立運動家と創業者の娘が結婚してインド式カレーを本店で売り始めた。だから、中村屋のカレーは『恋と革命の味』って言われたんだ」

黒沢の蘊蓄《うんちく》は興味深く、話に惹《ひ》き込まれた。

菓子と一緒に出される飲み物は、チャイのときもあったし、玄米茶のときもあった。ミルクを泡立ててカプチーノを出してくれたりもした。

黒沢によると、「物を書いているときにちょっと口にするものとか飲み物は重要なんだ」そうだ。しかし朋美の印象としては、菓子と飲み物の組み合わせがちぐはぐなことが多いように思えた。

事務所にいてもほとんど会話を交わさなかった。ソファに座って茶菓をもらい、原稿が書き上がるのを待つだけだ。いつも「何故、仕上げておかないのか」とも思うが、必ず三十分から一時間ぐらいそこで待たされる。書き終えると、黒沢は原稿と一緒におみやげの菓子をひと箱とかひと袋持たせてくれた。朋美はそれらを持って事務所をあとにし、編集部の広瀬に毎回渡した。

黒沢は一風変わっていたが、どんな菓子をくれるのかという期待もあり、事務所に行くのが楽しみだった。そして次第に朋美のなかで、黒沢が気になる存在へと変わっていく。

初めて訪問してから四ヶ月後、連載が終わることになった。最後の原稿を取りに行った日、黒沢はいつものように菓子を渡してくれた。小川軒《おがわけん》のレイズン・ウィッチだ。

「今日は最後だから、なにを飲みたいか言ってみろ」

最後という言葉で、さみしい気持ちが湧いてくる。

「あの、最初にいただいたチャイがいいです」

黒沢はすぐに小鍋でチャイを作ってくれた。シナモンの香りが豊かに香ってきて、胸がいっぱいになる。左目から涙が一粒こぼれた。マグカップを持ってこちらに来る黒沢に見られないように、慌ててセーターの袖口で涙をこする。

チャイを飲みながら文庫本を読んで、いつものように原稿ができるのを待った。その日はいつにも増して時間がかかった。

「できたよ」

静かな口調で言った黒沢は、朋美の向かいのソファに腰掛け、コーヒーテーブルの上に原稿を置いた。

「最終回は、開高健への追悼記事になった」

心なしか黒沢の顔は沈んでいるように見えるが、それは記事の内容が追悼だからだろうか、それとも、もう連載が終わるからだろうか。どちらなのかは、朋美には判別できない。

「そうですか、では」

朋美が原稿に手を伸ばそうとすると、黒沢がくしゃくしゃと頭を掻いた。

「いや、その、もう会えなくなるから、ちょっとしゃべらないか。それとも、時間ないか？」

「時間は大丈夫です」

ソファから腰を浮かしていたが、もう一度深く座り直した。本当はすぐに帰らなければならないけれど、原稿が仕上がるのが遅かったと言い訳するつもりでいた。

「名前訊いてなかったな」

「私ですか？　浜田朋美といいます」

「朋美、いくつだ？　恋人はいるのか？」

いきなり呼び捨てにされ、プライベートなことを訊かれたことに戸惑う。やっぱり黒沢は不躾《ぶしつけ》だと思った。

「二十三ですが、恋人はいません」憮然とした答え方になる。

「そろそろ結婚適齢期だろ？　二十五までとか言わないか？　まあ、最近はそうでもないのか」

「結婚ってしたほうがいいんでしょうかね。私にはまだちっともピンときませんけど」

結婚願望の強い、いとこのさっちゃんの顔が頭に浮かぶ。

「俺に訊かれてもな。ま、相手にもよるんだろうけど、俺の意見としては、結婚なんてしないに越したことはないってとこかな」

黒沢はポケットからセブンスターを取り出し、百円ライターで火を点けた。そして、朋美から顔をそむけて煙を吐く。

「親にはそろそろ結婚しろって言われたりするのか？」

「いえ、別にそういうことはないんですけど」

朋美はレイズン・ウィッチの包みを手で弄《もてあそ》ぶ。父親がいたら、テレビドラマなどで描かれているように、一般的には娘を手放したくないと思うのだろうか、とふと思った。

「すごく美味しかったです。こうやってお菓子もういただけないと思うと残念です。いろいろ、ごちそうさまでした」

話題を変えて、黒沢に頭を下げる。黒沢は、煙草を灰皿でもみ消した。

「別に用がなくても、たまに遊びに来いよ。名刺に自宅の番号もあるから、いつでも電話しろ。ま、あんまりつかまらないけどな」

黒沢は名刺を渡してくれる。

「本当に来ていいんですか？　ご迷惑じゃないですか」声が弾《はず》んでしまう。

「おう」

ぶっきらぼうに黒沢が言ったそのとき、事務所の電話が鳴った。

「今持たせて帰すとこ。うん、じゃあ」

黒沢が電話を切ってこちらに来る。

「広瀬から、まだかっていう催促。さ、早く帰れ」

その手にはレイズン・ウィッチの入った細長い箱があった。

それから朋美は黒沢の事務所に時折訪ねて行って、菓子を食べたり、お茶を飲んだりした。以前と異なるのは、訪ねる時間が夜になり、黒沢と朋美が会話を多く交わすようになったことだ。

黒沢と初めて食事をしたのは、彼の行きつけの麻布十番《あざぶじゅうばん》の寿司屋《すしや》だった。あのとき大将から朋美のことを「娘さんですか」と尋ねられて、黒沢がやたら嬉しそうだったことを思い出した。

「娘さんがいたのに、離婚したんですね」平静を装って広瀬に返した。

「まあ、あの人、結婚には向かないもんな。はちゃめちゃだから」

「はちゃめちゃ?」

「今でこそ黒沢崇《たかし》といえば有名だし、原稿だってきちんと入稿してくれるけど、昔は突然いなくなっちゃったりしたみたいだよ。で、パレスチナに行ってたとか。もともとは新聞記者だったらしい。若い頃から反権力で活動家とも付き合ってたし、とにかく鉄砲玉みたいだったって。廃刊しちゃったけど、うちの会社でオピニオンリーダーっぽい人がたくさん書いてた雑誌があって、黒沢さんの記事もよく載ってたんだって。昔その雑誌にいた編集長から聞いたんだけどね。当時、黒沢さんが行方くらますとずいぶん困ったらしいよ。冗談だろうけど、こないだまで連載やってくれてたのは、そのときの埋め合わせだって」

活動家という言葉に、父のことが脳裏《のうり》をよぎる。母によると、父は「立派な活動家」だったそうだ。普段はほとんど考えないようにしている父のことを、今日はまた思い出してしまった。

「やっぱり、そういうふうに家を空けがちな人は、仕事と家庭を両立させにくいんでしょうね」

父が朋美の前から行方不明になったのも、世の中を変えようという大きな志を重んじたからだと信じたい。

「うーん、黒沢さんの場合、それだけじゃなくってさ」

広瀬は味噌汁の椀《わん》に口をつけ、ずずっと音をたてて飲み込んだ。朋美はその姿を見つめたまま、言葉の続きを待つ。たまねぎも一緒に飲み込んだようで、もう前歯には挟まっていなかった。

「黒沢さん、昔っから女性にはもてたみたい。浜田さんからしたら五十過ぎの変わったおじさんだろうけど、女の人の中には、ああいう世の中に対して物申すっていうか、社会正義に命かけてたり、反骨精神むき出しの男にくらっとくる人がいるよね」

「そういうもんでしょうか」

母のことを思い浮かべる。大恋愛で駆け落ち同然で父と一緒になったと言っていた。

「そうだよ。きっと男のロマンみたいなのを感じるんだろうね。まあ、とにかく黒沢さんは、もてるわけで。昔っからそうみたいだから、奥さんとしてもしんどかったんじゃないの」

「今ももてるんですかね」

納得できないふうな答え方をした。多分これは嫉妬《しっと》だ。

「うん。なんかさあ。最近、新しい恋人がいるって噂《うわさ》だけど」

頭を殴られたような衝撃だ。

最近？　そんな素振りはない、というか、朋美には、黒沢に恋人がいるかどうかなんてまったくわからない。

「相手はどんな人ですか」つい詰問《きつもん》口調になってしまう。

「ま、あくまで噂だけどね。相手のことはわかんないけど。浜田さんの方が黒沢さんと親しいじゃない。今度訊いといてよ」

「そうですね」感情の揺れを悟《さと》られないようにさりげなく答えた。

「浜田さん、食べないの？」

朋美は、止まっていた箸を動かして、無理やり白米を口に入れる。

「ていうか、浜田さんは、彼氏いるの？」軽い調子で質問してきた。

「私なんて、全然もてませんから」

口にご飯を入れたまま、投げやりに答える。

「そうかなあ。君みたいなタイプを好きな男って結構いるんじゃないの」

「まさか。私なんて太ってるし、ブスだし……」

「浜田さん、そんなに太ってないし、ブスでもないでしょ。女の子って、痩せてることにものすごくこだわるけど、ちょっとふっくらしてたほうがかわいいと俺なんかは思うけどね。うちの奥さんにしたってさあ。食事のたびにメジャーでウエスト測ったりして、なんだかなあ」

広瀬の妻は素晴らしくスタイルがよくて美人だと編集部の人が言っていたのを聞いたことがある。

「私に対する嫌味《いやみ》にしか聞こえませんけど」

冷たく言い放ったら、広瀬が、「そんなつもりじゃないよ」と慌てた。そして、「またあとで」と、そそくさと自分の盆を持って席を立った。

朋美は深く溜息を吐く。

一番思いを寄せる人、黒沢から異性として見てもらえない。

その絶望的な事実が、頭に浮かんでは息苦しいぐらい胸がつまる。

編集部に戻り、事務仕事をしていても、黒沢のことを考えると、手が止まった。しかも午前中に張り切りすぎたこともあり、することがなくなって、時間が過ぎるのが遅く感じられ、辛かった。

帰宅後、恋人がいるのかを黒沢から訊き出そうと、何度か受話器を持ち上げて、プッシュホンのボタンを押しかけた。この電話は黒沢といつでも連絡が取りたくて家の電話とは別に自分の部屋に回線を引いたものだ。

だが、どうしてもボタンを押すことができない。

明後日、会ったときにさりげなく訊いてみようと心に決めても、気になって気になって、胸がざわついた。ベッドに入ってからも、意識は眠りから遠ざかるばかりだ。

なんども寝返りを打つうちに、母が帰宅した気配がした。誰かと話している。男性の声だからきっと秘書の永井《ながい》に違いない。時計を見ると、一時を少し過ぎていた。

3

朋美はダイニングテーブルに着いて、トマトジュースを口に運ぶ。

黒沢はもう起きているだろうか。

もしかして、恋人と一緒に朝を迎えていたりして。

朝から落ち込みそうなことを想うのはよそうと頭を振った。目に入った時計が、八時十分前を指していたのでリモコンでテレビを点ける。

さして興味をひかないコマーシャルが垂《た》れ流されているテレビ画面から視線を外し、誰もいないリビングダイニングをなにげなく見回した。

母の趣味で揃えられたゴージャスな猫脚《ねこあし》の家具たちが、毛足の長い絨毯《じゅうたん》の上に朋美よりもよっぽどしっくりと馴染《なじ》んで、その存在を主張している。

華美《かび》すぎるシャンデリアが、朝の陽光をうけて壁に光の筋を幾本も放ち、ダイニングテーブルに沿って掛けられた大きな鏡がさらにそれらを乱反射させる。せっかくのやわらかな太陽の光が、鬱陶《うっとう》しいものに変わってしまう。

母好みのインテリアに囲まれると、自分の家なのに居心地《いごこち》が悪くて仕方がない。

布張りのソファの花柄も、コンソールテーブルに飾られたスペイン製の高価な陶器の薔薇《ばら》の花も、なにもかもがくどくて押し付けがましく感じられる。

なんにしろ、母に関わるものは、朋美と相性が悪いのだ。

母は昨日遅くまでいろんなところに電話をかけていたようだ。永井が帰ったのも午前三時近かった。そのせいか、まだ寝室から出てこない。いつも母は朋美が起きる前に家を出るのだけれど。

エステ事業の会社を経営する母とは、一緒に暮らしていてもほとんど顔を合わせることがない。出馬表明をしてからは、なおさら多忙を極めていた。だから、珍しく母が家にいるというだけで、酸素が少なくなったかのように息苦しい。

深呼吸をしてから、ふたたびトマトジュースを一口すすった。母が起きてこないように、リモコンでテレビの音量を下げる。

朝のニュース番組にチャンネルを合わせたのは、親友の孫由梨《ソン・ユリ》がこの番組に出るからだった。「衆議院議員選挙の立候補者へのインタビューをする」とユリから聞いていた。

ユリは、大学の頃からアナウンススクールに通っていた。しかし思いかなわず、キー局だけでなく地方局すべてのアナウンサー採用試験に落ちた。現在は中堅どころの芸能事務所に所属している。これまではせいぜいラジオ番組だったのが、やっと民放の全国ネットに出ることができてここが勝負だと、先週会った際に意気込んだ様子で話していた。

ユリは、立派だと思う。そして、とても強い。彼女の言葉を借りると、「やる気がなくて冷めている」朋美とは大違いだ。

「在日韓国人でしかも本名を使っているからアナウンサー試験に落ちたんだと思う。韓国籍だからって応募資格がないところもあって、とっても理不尽」

ユリは憤《いきどお》っていた。面接試験で、通称名を使うなら採《と》ってやるとはっきり言ってきた面接官もいたそうだ。

けれどもユリは悔しさをばねに果敢《かかん》に自分の道を切り開いている。昔からユリを気に入っている母が知ったら、喜んで褒《ほ》めるに違いない。そして、たいした仕事に就いていない朋美のことを嘆くのだ。

母はそんなに正義感が強いわけでもないし慈愛あふれる人柄でもないが、どうしてだかいつもユリのような立場の人たちの味方をする。秘書の永井も、優秀なのに在日韓国人ゆえに就職の機会に恵まれず困っていたので雇ったそうだ。選挙の公約では、永住権を持つ在日外国人に選挙権を与えるべきだと主張している。

なにか特別な理由があって彼らに肩入れしているのか、あるいは差別意識のない人間だと誇示《こじ》したいのか。母は、実の娘の朋美に対してよりも彼らの方に心をくだいているのではないかとすら思える。

正直、韓国人にあまりいい感情を抱けない。もともと韓国のイメージだって、文化的に後れていてスマートではない印象だ。日本との関係も歴史的にいわくつきで、なんだか面倒臭い。ほとんどの日本人が同じように感じているはずだ。

だからユリがいくら頑張っても壁は厚いと思う。いや、そう思いたい。

在日韓国人のユリが堂々と活躍してもらっては困るのだ。

だいたい、出自という自分の力では変えようもないことに抵抗しても無駄なのだから。

ユリが嫌いなわけでは決してない。むしろ冴《さ》えない自分に華やかな親友がいることが誇らしくもある。しかし、朋美よりもずっと優れた容姿を持ち、あたたかな家庭に恵まれたユリへの屈折《くっせつ》した嫉妬心は、彼女が在日韓国人であるということでなんとか軽減されている。

韓国人であることは、ユリのせいではないけれど、自分よりも不遇に思えるユリの存在によって、朋美はプライドをどうにか保つことができる。

それに、朋美には向けられない母の賛辞《さんじ》を得るユリにこれ以上の成功や幸せを与えたくない。

今日は、ユリがうまくこなせないとか、映りが悪いことを期待して観るつもりだ。

番組が始まった。オープニングの音楽が思いのほか大きく、朋美はやっと聞こえるぐらいにさらにボリュームを落とした。

すると部屋の隅にある電話機が、音をたててファクシミリを受信した。

近寄って感熱紙を破り、書かれた内容を読み始める。

週刊誌に母のスクープ記事が出る、ということについての選挙事務所スタッフからの連絡で、記事の内容が書かれたものだった。

いきなりの展開に戸惑《とまど》いつつも、届いたファクシミリを握り締めたままソファに移り、唾を飲み込んで続きを読む。

「浜田清子が未婚の母で、一人娘の父親は北朝鮮の工作員ではないかということが暴露される」とある。

一字一句を頭に刻みながら、ふたたびファクシミリの内容を読み返す。

一人娘とは、明らかに朋美のことだった。意識が遠のきそうになるのをどうにか踏みとどまる。

工作員とされる人物についての具体的な記述はないらしいが、何人かの関係者の証言というのが載るようだ。

朋美は、突然詳《つまび》らかにされた自分の出自をどう理解したらいいかわからない。いったいどういうことなのだろう。

朋美が八歳のときに行方不明になった父は立派な人物ではなかったのか？

目の前が霞《かす》んで見える。考える、ということが冷静にできない。

嘘でしょ。

声に出して、意識を無理やり引き戻す。

こんな大事なことを、薄っぺらな紙きれを通じて知るなんて。

母はどうして直接言ってくれなかったのか。きっと記事のことは事前に耳に入っていたはずなのに。

もしかしたら自分が朝鮮人の子供なのかと思うと、不安な気持ちと母への怒りの感情が同時に湧き上がってくる。

いや、違う。不安ではなく、拒絶。怒りよりは、落胆。落胆よりも、嫌悪。二つや三つの単語では表せない、ねじれてこじれた感情が渦巻《うずま》いてくる。

ソファから立ち上がり、部屋中をぐるぐると回る。

母の寝室に向かおうとしたとき、電話がけたたましく鳴り始めた。母が子機を取る気配はなく、電話は鳴り続ける。

両手で耳を塞《ふさ》ぎ、ソファに戻ってうずくまった。

寝室のドアを叩いて母を問いただしたいのに、身体をソファから動かすことができない。

今度はインターホンも頻繁に耳障りな音を発し始め、朋美の神経を逆なでする。液晶画面に目をやると、遠目からでも魚眼レンズ越しに何人かの顔が映っているのがわかる。

手に持っていたリモコンをインターホンめがけて、力いっぱい投げつけた。

リモコンは画面に当たらずに、すぐ下にある陶器の薔薇の花に命中した。母の大事にしている飾り物は派手な音をたてて割れ、コンソールテーブルから落ちる。

絨毯の上に、色鮮やかな陶器の破片が飛び散った。割れた陶器の残骸を見て、ますます不快な気持ちになっていく。

「朋美、あのね」

力ない声に振り向くと、母が切羽詰《せっぱつ》まった表情でソファの傍《かたわ》らに立っていた。ノーメークのパジャマ姿だ。やつれた顔で、髪も乱れている。

朋美は黙って母を下から睨みつけた。

「話すから、今からちゃんと話すから」

いつもの居丈高《いたけだか》な調子と違って弱々しく言った母は、朋美の座るソファの対角線に置かれている一人掛けのチェアーに腰掛けた。息を深く吸って、目を閉じる。意を決するのに時間を要するのか、しばらく黙ったままだった。

母から目を背《そむ》けずにじっとしていると、点けっぱなしのテレビの音が否応なしに耳に入ってくる。

横目でテレビ画面をちらりと観ると、オウム真理教なる妙な宗教団体による「真理党」の選挙活動が揶揄《やゆ》されていたが、少ししてユリが画面に登場した。

画面の中で大げさなリアクションと作り笑顔で喋っている、相変わらず美しいソン・ユリ。だが、彼女と同じ種類の血が自分にも流れているのかもしれないと思うと、体温が上昇して、身体が火照ってくるような気がする。

韓国人のユリを大嫌いだと思った。もう二度とあの親友とは会いたくない。

「あの人は、確かに日本人じゃない。でも、工作員なんかじゃない。絶対に違う」母が絞り出すような声を出した。

朋美はソファから立ち上がり、テレビに近づき電源を切った。そのまま、リビングの出口に向かう。

「朋美、話が」背後から母の声がする。

「聞きたくないし、どうでもいいから」

言い捨ててドアを閉め、廊下に出た。話を聞いたら、自分が朝鮮人の娘だと認めることになってしまう。

そんなことは断固としてできない。


自室の朋美専用の電話が鳴っている。液晶表示のナンバーディスプレイで着信を確かめると、見知らぬ番号だった。

朋美は電話の前に立ったまま、受話器をとらずにほうっておいた。すると、しばらくして留守番電話に切り替わった。機械の音声の応答に続き、ユリの声が聞こえてくる。

「番組見てくれた？　このメッセージ聞いたら、電話ちょうだいね。いま事務所なんだけど、番号は、〇三の……」

冗談じゃない。

ひとり毒づいてみるが、いらだちは収まらない。

母にしたって、ちゃんと申し開きをする気ならば、この部屋まで追ってきてくれてもいいではないか。聞きたくないと言ったけれど、母にはきちんと話す義務があるはずだ。

これまで父親の不在によって朋美が味わった幾多のマイナス感情の落とし前をつけてくれるべきだ。さも父がひとかどの人物だったように思わせた母の責任は、途方もなく大きい。

壁に据えた大きな姿見に視線をやり、そこに映る部屋のドアをしばらく見ていたが、開けられることはなかった。

結局母は、朋美よりも自分が一番大事なのだ。頭の中はスクープ記事の対策で占められているのだろう。朋美が話を聞くのを拒んだことを、これ幸いぐらいに思っているに違いない。娘の気持ちなんて、これっぽっちも理解していないのだ。

どうせ、母とは永遠に気持ちが通じ合うことなんてない。これまでだってそうだった。一緒に暮らしていたって、朋美と母は、決して交わることのない平行線の生活をそれぞれが営んできた。

わかってはいても、胸の奥が疼《うず》いて仕方ない。

自分の姿が映った鏡を思いっきり割れば、気分が晴れるだろうか。

目を閉じて思案する。

所詮《しょせん》この鏡を割ったところで、自分の姿が映るものはそこらじゅうにある。

引き出しからアイプチを取り出して、瞼の皮膚に塗った。簡単に不自然な二重瞼が出来上がる。母によると、朋美は、特に目元が父に似ているという。ならばこうして目元が変われば、自分が父の子供である証《あかし》はだいぶ薄れる。

無理やり作った二重瞼の自分に向かって大きく頷く。気持ちを落ち着かせるように何度か深呼吸を繰り返してから、普段と同じように出勤の準備をし、部屋を出た。

マンションの玄関で永井とでくわした。永井は、広瀬と同じくらいの歳だが、いつもきちんとスーツを着ているので、実年齢よりも歳上に見える。しかし今朝は慌てて駆けつけたのか、ジーンズにセーターのカジュアルな格好だ。想定外の服装は母の仕事上の仲間というよりは、異性という印象を与え、戸惑ってしまう。秘書とはいえ母が若い男性を夜遅くまで引き止め、朝から家に呼びつけることにも嫌気がさす。それに永井も在日韓国人ではないか。

永井は、朋美を見て、狼狽《ろうばい》したような顔をしたが、すぐに「おはようございます」と頭を下げた。朋美は永井を無視して靴を履《は》き、玄関をあとにした。

せっかく落ち着かせた気持ちのもやもやが、永井に会ったせいで蘇《よみがえ》ってしまった。マンションの正面玄関前には、数人の男たちがたむろしていた。中にはカメラを手に持った者もいる。彼らから逃れようと正面玄関を避け、自転車置き場横の裏口から外に出た。

父のことは考えないようにする。そうすれば、少なくとも自分をこれ以上嫌いにならないですむ。もともと、父はいなかったと思えばいい。

自分の中でそう決めて、なんとか、アルバイトの仕事をこなした。誰もアイプチには気づかないのか、そもそも朋美の顔をよく見ていないのか、目元の変化に触れる人がいなくて助かった。

夕方になって各新聞の夕刊とタブロイド紙が編集部に届き、朋美はそれらをファイリングした。

タブロイド紙に、母のことが大きく取り上げられている。自分が忘れたくてもこうして情報に触れてしまうことが腹立たしい。

努めて気にしないようにして新聞を所定の場所に収めようとしたが、見出しに、「浜田清子の乱れた異性関係」とあって、朋美はその記事を読まずにはいられなくなった。

記事には、父が工作員であるという疑惑に加え、母が過去に美容室の老舗《しにせ》チェーン、サロンフラワーの社長の愛人であったこと、社長の援助でエステ事業を始め、現在は、秘書である既婚の年下男性と肉体関係にあるということがほのめかされていた。すべては関係者の証言という曖昧《あいまい》な表現でくくられている。

読み終えて、破れそうなほど紙面を強く引っ張っていたのに気づき、力を緩めた。親指にインクがついている。

自分の体に流れる血への恨めしさで、今にも爆発しそうな感情をどうすることもできなくなってくる。

インクのついた親指を中指でこすった。指の皮が剝《は》がれるぐらい執拗《しつよう》に。下唇を上の前歯で思い切り嚙む。痛みを感じていなければ、正気を保てない。叫んだり、手元にあるものを投げたりしてしまいそうだった。

ものを考える隙を与えないことでなんとか自分を保とうと、身体を動かす仕事をすることに決め、前々から気になっていた書庫の整理に没頭《ぼっとう》した。途中、バックナンバーから黒沢の連載のページを探し出す。白黒だがはっきりと写っている黒沢の写真を拡大コピーして自分のバッグの中に入れた。

六時になるやいなや退社した。自宅マンションの玄関前には、朝同様、マスコミ関係らしき連中がうろついていて、煙草を吸ったり、話し込んだりしていた。

つい昨日までさんざん母を持ち上げていたマスコミは、掌を返したように母を糾弾《きゅうだん》し始めた。簡単に朋美を傷つける資格が彼らのどこにあるというのだ。自分たちにも家族がいるはずなのに、良心が咎《とが》めないのだろうか。

朋美は軽蔑《けいべつ》の念を込めて彼らを睨みつけてから、裏口より建物の中に入った。

リビングダイニングに人の姿はなかった。コンソールテーブルの上から落ちた陶器の花も綺麗に片付けられている。

永井と二人で割れた破片を掃除したのだろうか。この部屋、あるいは母の寝室で二人はどんな会話を交わしたのか。会話以上のことだってあるのかもしれない。

そう思うと沸騰《ふっとう》しそうなくらいかっとなってくるが、どうにか堪《こら》え、自分の部屋に入った。

留守番電話のメッセージを告げるボタンが点滅していた。メッセージはまたユリからで、「お母さんのことびっくりした。電話してね」と録音されている。

今朝テレビ画面で観たユリの姿が思い浮かび、胸がもやもやとしてくる。

心配して電話をかけてきてくれたのかもしれないが、その言葉は弾んだ調子を含んでいるような気がした。ユリは、朋美が自分の同胞だと思って喜んでいるのではないだろうか。中学でユリと出会ったとき、朋美が母子家庭と知って彼女の表情が、ぱっと明るくなったような記憶がある。

メッセージを削除《さくじょ》して、受話器をとる。指が覚えている番号を無意識に押していた。呼び出し音二回ですぐに相手が出る。

「はい、まいど、幸福軒です」

和子《かずこ》おばさんのいつもの明るい声だ。

「あの、朋美ですけど」

「まあ、ともちゃん……」言ったきり黙ってしまう。

「さっちゃん、帰ってるかな」

「ちょっと待ってね」

保留音が流れ、しばらく待たされる。幸福軒は、母の兄である健一《けんいち》おじさんが経営するラーメン店だ。

「ともちゃん」

受話器越しにさっちゃんの声を聞いたら、それまで抑えていた涙が溢れ出てきて、うまく話せなくなった。朋美がしゃくりあげている間、さっちゃんはずっと黙っていてくれた。

朋美が少し落ち着いたタイミングで、さっちゃんは、「大丈夫?」と囁《ささや》いた。

「あんまり大丈夫じゃないかも」

「うちのお父さんもお母さんも、ともちゃんのことすごい心配してるよ」

気にかけてくれていても、ユリとは違って、電話をかけてくるようなことはしなかった。その気遣いがささくれだった心をわずかばかり慰めてくれる。

「さっちゃんちに行ってもいいかな」と口に出しそうになって言葉を飲み込んだ。

彼女の家は十坪足らずのラーメン店の上に住居があり、狭いうえに、昨年子供が出来てしまい結婚したさっちゃんの弟の康介《こうすけ》夫婦と、生後間もない赤ん坊までもが一緒に暮らしているのだ。

「どうしておばあちゃんがあそこまで私を嫌ってたのか、やっとわかったよ」

また涙がこみ上げてくる。

「ともちゃん」さっちゃんの方もいまにも泣きそうな声だった。

電話を切って、部屋の姿見に向き合う。

朝鮮人の父親だけでなく、男にだらしない、薄汚い母親の遺伝子でできた自分。目は充血し、ひどく憔悴《しょうすい》して見えた。朋美は、強い憎しみとか嫌悪の感情を持つことに慣れていない。激しく気持ちが揺さぶられることに、すごく疲れてしまっている。泣くのだって何年ぶりだろう。

いつにも増して不細工な鏡の中の自分から目をそらした。気持ちを奮い立たせ、クローゼットからスーツケースを取り出し、とりあえずの荷物を詰め込み始める。

明日の夜に黒沢と会うので、お気に入りの服を持っていこうと、グレーのニットスーツを探した。そのとき、箪子《たんす》の奥にしまってあったゴーフルの丸い缶に気づく。

手にとって缶の蓋を開けた。いろんなものが詰まっていた。

リリアンで編んだアクセサリーや珍しい切手などの細々した宝物。虫歯ゼロでもらったバッジ。折りたたまれた画用紙も二枚ある。一枚は梅の木を描いたもので、もう一枚は賞をもらった消防車の絵。消防車の方はセロテープでツギハギだらけだ。そのほかに、品川《しながわ》区の代表に選ばれ東京都で入選した読書感想文もある。初めて自転車に乗れた記念に撮った写真は、かなり色褪《いろあ》せていた。父の日に書いたカードまである。

父に会えなくなってから、父が最後に買ってきてくれたゴーフルの缶に、大事な物、父に見せたいものを入れた。小学校の間そうしていた。そして、いつか父が戻ったときに缶ごと渡して見てもらうつもりだった。

缶をひっくり返して中身をゴミ箱にぶちまける。空き缶も続けて放り込んだ。

スーツケースを引いて十分ほど坂を下り、最寄り駅である広尾から地下鉄日比谷線に乗る。窓ガラスに映る自分の顔を絶対に見ないようにした。車内を見回して、乱れる気持ちを紛らわす。

中吊り広告に、「梅まつり」の告知がある。小学校の校庭に植えられていた紅白の梅の木を思い出した。

朋美の通っていた小学校は大きな街道沿いにあり、校庭は狭く、一周一五〇メートルのトラックがやっと取れる程度だった。校庭の端の街道側には植え込みが細長く続き、その前には鉄棒があった。朋美は休み時間にその鉄棒に寄りかかり、みんなが楽しそうにしている高鬼《たかおに》やドロケイを眺めていた。たまに友達と目が合うと、鉄棒を練習している振りをした。

転校生だった朋美は、勉強が出来たけれど、遊びの仲間にはあまり入れてもらえなかった。クラスのみんなは比較的気のいい連中ばかりだったから、「入れて」と言ったら、もしかしたら仲間に入れてもらえたのかもしれない。だけどどうしても自分からは言えなかった。そして関心がないような素振りをして、入れてもらえなくても別に構わないという態度をとっていた。

校庭で遊ぶ友達に背を向けて植え込みを見ると、そこには背の低い梅の木が二本植えられていた。白梅と紅梅で、二本の木の間には白いプレートがあり黒い文字で「山口正《やまぐちまさ》美《み》さんの木」と書かれていた。

この紅白の梅の木は、二年上の生徒で、前年に白血病で亡くなった山口正美さんのご両親が、形見として学校に寄付したものだ。

彼女の妹は朋美と同じクラスにいて、活発で女子のリーダー的存在だった。いつもみんなと笑い転げていた。

朋美は毎日、梅の蕾《つぼみ》が膨《ふく》らんでいく様子を見守った。そしてある日、こぼれるように二つ三つ白い花が咲いたのを発見した。とても嬉しくて、放課後の教室で思い切って山口さんに話しかけた。

「お姉さんの梅の木、花が咲いたよ」

山口さんは朋美の方を向いて不思議そうに首を傾げたが、何も答えずに、ランドセルを背負った。

「りょうこちゃん、行こう」

山口さんは朋美の背後の女の子に向かって大きな声を出すと、その子と一緒に小走りに教室を出ていった。

朋美はのそのそとゆっくり帰り支度をして教室を出ると、校庭の梅の木の前に行った。

「おねえちゃんって、どんなものなのかな」

「おねえちゃんが死んじゃったら、すごく悲しいよね、きっと」

「山口正美さんは死なないであたしのおねえちゃんになればよかったのに」

心の中で呟き、誰も見ていないのを確認して白い梅の花をひとつ摘《つま》んで取り、その花を大切にハンカチでくるむ。

家に帰ると大急ぎでコップに水を入れて、梅の花をそこに浮かべた。テーブルにうなだれて座り、コップの中の花を見つめて、会ったことのない山口正美さんのことを想像する。

しばらくそうしていたが、スケッチブックと色鉛筆を持ってきて、紅白の花がたくさん咲いている梅の木を描いた。そして木の左横に手を繋いだ姉妹の姿を付け加える。しばらく考えて、さらに右横に両親の姿も描く。父の顎にほくろを描き、姉の姿は想像力を駆使した。そして出来上がった絵をスケッチブックから外し、丁寧に四つに折りたたんでゴーフルの缶に入れたのだった。

「梅まつり」の中吊り告知の写真では、濃いピンク色で華やかな花に見えるが、そのときの花はもっと頼りなげな感じだった気がする。まるで木の枝に後からのりでくっつけたみたいだと思った。接着面が小さくて、すぐにも枝から取れそうに見えた。そういえば、花を摘んだとき、確かにぽろっと簡単に外れた覚えがある。

梅の花の香りはあまり印象にない。どんな香りかはっきりと思い出せないのに、校庭の鉄棒の少しさびた鉄の匂いとひんやりとした感触が梅の花とセットで思い浮かぶ。

朋美は、いつか黒沢と一緒に梅の花を観に行きたいと思った。

4

寝不足だったからか、疲れがたまっていたためか、案外すんなりと眠ることができた。

ベッドから勢い良く起き上がった朋美は、周りの様子がいつもと違い、一瞬自分がどこにいるかわからなくなったが、昨晩新橋《しんばし》のビジネスホテルにチェックインしたことを思い出した。

狭い部屋だが、窓は必要以上に大きかった。窓辺に近寄りカーテンを引くと、薄日が差し込んでくる。目の前には辛気《しんき》臭《くさ》い灰色の雑居ビル。あまり眺めがいいとは言えない。

時計を見ると、午前十時ちょっと前だ。

シャワーを浴び、ニットスーツに着替え、時間をかけて化粧をし、小さなバッグ一つでホテルの外に出た。

コーヒーショップでブラックコーヒーを飲む。バッグから黒沢の写真のコピーを取り出し、しばらく眺めてから立ち上がった。

汐留《しおどめ》口近くの、一階がブティックになっている美容外科に向かった。ここに来るのが目的で新橋のビジネスホテルに泊まったのだ。病院への入口はブティックの奥に作られ、すんなりと入ることができる。この美容外科は朋美の勤めている出版社の雑誌に多くの広告を出していたので、安心できるような気がしていた。

幸い予約なしでもカウンセリングを受けることができた。

一重瞼を二重瞼にしたいという旨《むね》を若い男の先生に伝え、黒沢の写真のコピーを見せる。

「この人の目に似せてください」緊張して声がかすれた。

黒沢の恋人にはなれなくても、せめて娘にはなれるかもしれない。朝鮮人の父親よりは、黒沢が父親であったほうが断然いい。だから、父に似た一重瞼を抹殺するつもりでいる。

黒沢の目はかなりくっきりとした二重瞼だった。先生は、コピーと私の顔を交互に見て、「わかりました」と力強く言ってくれた。

埋没法《まいぼつ》という二重瞼の整形手術の手順と費用の説明を聞いてから、手術の日時を予約した。一週間ほど腫《は》れが残るかもしれないとのことだったので、アルバイトを休まざるを得ない。申し出てすぐ休むわけにもいかないので、手術は二週間後の週末に決める。

黒沢との約束まで時間があったので、時間を潰《つぶ》そうと、中央通りを新橋から銀座方面に向かった。重い雲が垂《た》れ込め、寒さも厳しかったが、道行くカップルは肩を寄せ合って幸せそうだ。

朋美と同世代の女性が母親と仲睦《なかむつ》まじく連れ立って歩いている。買い物かなにかだろうか。母と連れ立って出かけたことなど朋美はほとんどなかった。

幼稚園ぐらいの子供の手を引いて歩く若い夫婦が、楽しそうに笑い合っている。土曜日の銀座は朋美の孤独に拍車をかける光景で溢れていた。自ずと歩くスピードが速まり、うつむきがちになる。頬に当たる冷たい風が身に染みた。

有楽町《ゆうらくちょう》で映画でも観ようと銀座四丁目の交差点で晴海《はるみ》通りを左に曲がったら、与党の候補者が選挙カーの上で声を張り上げて演説をしていた。威勢良く拳を振り上げている。話を聞くともなしに立ち止まった。そういえば今日は選挙の公示日である。

野党への批判の中に、母のことが出てきた。

「立候補を取り下げたとはいえ、あんな破廉恥《はれんち》で軽率な浜田清子のような女性を候補者にするなんてけしからんことです」

聴衆の中には、そうだそうだ、と返す者もいる。

選挙カーから逃げるように、走って離れた。映画館に飛び込み、時間の合う映画を適当に選んだ。カーチェイスばかりの単純なストーリーなのに、ちっとも内容が頭に入ってこなかった。

5

浅草のふぐ料理屋は、案外庶民《しょみん》的な作りだった。店の前で水槽のふぐを眺めつつ待っていると、トレンチコートを羽織《はお》った黒沢がすぐに現れた。その姿を見た瞬間、胸が高鳴った。

「ここ、毎年季節になると来るんだが、なかなか予約が取れないんだ。手軽な値段でかなり質のいいふぐが食べられるから、人気があって」

黒沢が三分の一ほど白髪の混じった頭を右手でくしゃくしゃとかきながら言った。ぼさぼさの髪は、いつもと同じだ。ぎょろっとした二重の目が、鋭い雰囲気を醸《かも》し出していたが、本当は温かい心の持ち主だということを朋美は知っている。

店は一階が調理場で、二階と三階が座敷の大広間になっていた。従業員に二階へと案内され、黒沢と向かい合って座った。正座は苦手なので座布団の上で足を横に崩す。

黒沢は、あぐらをかいていた。黒のスラックスに一番上のボタンをひとつ開けたグレーのシャツ、それにグレンチェックのジャケットを羽織っている。

おしぼりで手をふきながら、黒沢が店員に料理を注文した。

「あの、ふぐ初めてです」

「いっぱい食えよ」

はい、と答えて、その言葉はやっぱり父親っぽいと思った。恋人にも同じような言い方をするのだろうか。想像したら胸が苦しくなり、どう転んでも黒沢に面と向かって恋人のことを尋ねるのは無理だと悟《さと》る。

広間の奥に大きなスクリーンが備え付けてあり、音声はほとんど聞こえないがテレビ画面が映し出されていた。報道番組が選挙の特集をしている。

隙《すき》のない化粧を施した母が画面いっぱいにアップで映る。ショートヘアでシャープな二重瞼の母は、いかにもやり手の女社長風だが、少々くどい感じの美貌でおまけに厚化粧だ。真っ赤な口紅を引いた唇が動いている。母の映像は出馬表明した時のもので、どぎつい赤のスーツ姿だ。

番組では浜田清子の立候補取り下げについて触れているようだ。

運ばれてきたふぐの刺身は、まるでくもりガラスみたいに、皿の絵柄がかすかに透き通って見える。朋美は刺身をつまみに、ヒレ酒を飲んだ。体がぽうっとあたたかくなってきて、目の前の黒沢の姿もくもりガラス越しに見ているかのように白く霞む。

「朋美、どうした？　泣いてんのか？」

黒沢が眉間《みけん》に皺《しわ》を寄せた。

「お刺身が美味しくて、感動しちゃって」

「そうか？　追加してもいいぞ」

黒沢は、自分は刺身に手をつけず、ちびちびとヒレ酒を飲む。

広間のテーブルのそこかしこから鍋の湯気が漂うなか、客の話し声が入り混じり、店は適度に騒々《そうぞう》しかった。

深刻な話もここではさらっと話せそうな気がする。

朋美は座布団の上にきちんと正座した。

「なんだ？　急にあらたまって」

黒沢が朋美の顔を真正面から見つめる。朋美は大きく息を吸う。

「私、さっきテレビで取り上げられていた、浜田清子の娘なんです」

吐き出すように言うと、黒沢が朋美から視線を外して頷いた。驚く素振りもなく、黙ったまま考え込んでいる。

朋美は、それで、と話を続けた。

「母は父が立派な活動家で、事情があって私たちと離れ離れになったとしか言ってくれなかったし、私も勝手に父を偉大な人物だと思い込んでいたので、母にそれ以上訊くこともしませんでした」

そこまで言ってヒレ酒を飲み干した。黒沢が酒を注ぎ足してくれる。

「自分が平凡でない特別な存在だって思ってたんです。まるでテレビドラマや小説の世界の主人公みたいで、そんな自分に酔ってました。そして、立派な人物の娘であるということにすがっていたんです。どんな境遇でも作り上げることができたからロマンティックだったし、ある意味その妄想は楽しかったのかもしれません。ずっとその自己満足に浸っていたかったです」

また視界がぼやけそうになる。

「俺はお前の父親を知っている」黒沢が呟いた。

驚いて腰が宙に浮きそうになり、座りなおす。

「どうして知っているんですか？」

「うん、若かった頃、俺はお前の父親と面識があった」

「面識？　親しかったんですか」

「親しいってほどじゃないが、関わりがあった。だからお前の父親が行方不明になったとき、清子さんが俺を訪ねて来た。その頃、彼女はいろんなところに手を尽くして捜していたんだ。当時、金大中《きん・だいちゅう》拉致《らち》事件や、朴《ぼく》大統領夫人の射殺があって、俺はよく韓国の記事を書いてたんだ。民主化運動をしていた在日をよく知っていたしな」

黒沢はポケットから煙草の箱を取り出す。

「あの、それで父は見つかったんですか」テーブルから身を乗り出して訊いた。

黒沢は下を向いて少し考えるような素振りをしてから顔を上げ、百円ライターで煙草に火を点けた。一口吸って、煙を吐き出す。

「お前の父親は、杉原光男《すぎはらみつお》というんだ」

心の内で、杉原光男と言ってみる。ぜんぜん、親しみを覚えない。

「だけど杉原光男っていう男は、この世に存在していなかったんだ」

意外な言葉に啞然となった。

「それって」唾を飲み込む。

「存在していないって、どういう意味ですか」

黒沢は朋美の問いにすぐには答えず、ふたたび煙草を一服した。朋美は腰を落として座り直し、黒沢の言葉を待った。

「杉原光男というのは、いわゆる通称名だから、そっちの線では行方がわからなかったんだ。杉原の韓国名はイ・カンナム。慶尚南道《けいしょうなんどう》の出身だった。それで、韓国の戸籍を調べたら、イ・カンナムは一九四八年に死んでたんだ。おかしな話だろ。まあ、杉原は密航で日本に来たってことだから、既に死んでる人の名前を借りて生活してたんだな。当時はそういうことがよくあったから。北朝鮮に帰国した人間と関わりもあって、それで今回、工作員じゃないかって話になったんだろうな。だけど、杉原は絶対工作員ではないと俺は信じている。純粋に韓国の民主化のために魂を捧げていただけだ。当時は朴《ぼく》正熙《せいき》による、ひどい軍事独裁政権だったからな」

黒沢は煙草を灰皿に置いて、ヒレ酒を口にした。朋美も黒沢に倣《なら》いヒレ酒を一口飲む。

「杉原は、どんな人でしたか」

一番訊いてみたいことだった。

「ああそうだな。背が高くて男前だった。顎の大きなほくろが目立ってたな」

涙と鼻水が、つうっと流れ出てくる。黒沢が上着のポケットからハンカチを取り出して貸してくれた。朋美はその煙草臭いハンカチで涙と鼻水を拭う。

ちょうど鍋が運ばれてきた。

「朋美、ふぐちりを食って、たくさん酒を飲んで、酔っ払ってしまったらいい」

黒沢は徳利を持って、朋美の器に溢れそうなほど酒を注いだ。

6

目が覚めたら、猛烈に頭が痛かった。

昨晩は日本酒を飲みすぎた。

店から出てタクシーを拾おうと黒沢と歩いていたら急に気持ち悪くなり、そのまま道端にしゃがんで吐いた。黒沢が近くのコンビニで買ってきてくれたペットボトルの水を飲んでは吐く、を繰り返しても、まだまだ気持ちが悪かった。

せっかく食べたふぐは、胃袋から逆流して全部出て行ってしまった。吐くものも尽きていくら水を飲んでも吐きたいのに吐けず、辛くてうずくまると、黒沢が自分の指を朋美の口の中に突っ込んで、吐かせてくれた。やっと気持ち悪いのが収まってタクシーに乗ったら、強烈な眠気に襲われた。

そこまでしか覚えていない。

見たことのない部屋だ。どこだろうここはと、もう一度記憶を辿《たど》るが、激しい頭痛が襲ってくるだけだ。

かすかに煙草の匂い。黒沢のハンカチと同じ匂いがする。

きっと黒沢のベッドに横になっているのだろうと気付くと、ずきずきとした痛みに心臓の鼓動が共鳴する。

起き上がるためにベッドに手をついて少しずつ上体を起こす。身体が重くて動作が鈍《にぶ》くなり、いきなり立ち上がることはできずに、ベッドにいったん腰掛けた。

セミダブルのベッドにサイドテーブル。作り付けのクローゼット。濃い緑色のカーテンは閉まっている。

やはりここは新橋のホテルではない。黒沢の部屋に違いない。

落ち着かなくなり、立ち上がってゆっくりと歩く。頭が痛いけれど歩くことは可能だ。ドアを開けると、廊下もなくリビングに繋がっていた。部屋の真ん中に置かれた黒い革製のソファで、スウェット姿の黒沢が本を読んでいた。指に唾をつけて、ページをめくっている。

黒沢の家は神谷町の事務所の雑然とした様子からは想像できないほどすっきりと片付けられている。朋美は、ここに女性の出入りがあることを確信した。

「あの、昨日はすみませんでした」黒沢に話しかけた。

こちらに視線をやった黒沢が、目を細める。

「まだ頭痛いだろ。もう少し横になってろ」

大丈夫ですと首を左右に小さく振ったら、刺すような頭痛が襲う。

「黒沢さんはソファで寝たんですか？　本当にすみません」

「謝らなくてもいい。水かお茶でも飲むか？」

黒沢はソファの前の小さなテーブルに本を置くと、リビングとひとつづきのキッチンスペースに行った。

朋美はソファに腰を下ろした。体重がいつもの三倍ぐらいあるように感じる。

黒沢が戻ってきて、水を注いだコップを朋美に手渡してくれた。

その水をひとくち含むと、自分がたいそう喉が渇いていたことに気付き、朋美はよく冷えた残りの水を一気に飲み干した。

その様子を見守っていた黒沢は冷蔵庫からペットボトルを出して持ってきて、おかわりを注いでくれる。

コップ二杯の水を飲み干すと、逆にその分身体が軽くなったような気がした。

「あの、そのう」

言葉がなかなか見つからなかったが、とりあえずもう一度黒沢に謝ろうと思った。

「ご迷惑をおかけしました。恥ずかしいです」

「朋美、辛いことがあったときは、こうやって正体不明になるまで酔っ払うのも悪くはない。泣いたり、吐いたりして、行き場のない感情も一緒に外に出しちゃえばいい。俺は全然気にしてないから」

黒沢は朋美の頭に優しく手を載せて頷いた。朋美は、危うく泣きそうになる。

「まだ頭が痛いか？　楽になってから家に帰ればいいが、清子さんがきっと心配してるぞ」

そう言って朋美の頭から手を離した。

「母とはいま一緒にいません。だから平気です」強めの口調で答えた。

「じゃあ、どこにいるんだ？　友達の家とか彼氏のとこ？」

「彼氏なんていません。ビジネスホテルです」

むきになって答えると、自分の語気の強さで頭の痛みが蘇った。

「家出でもしたのか？」

「私は子供じゃありません。だから家出ではありません。独立です」きっぱりと言った。

「じゃあ、後でそのビジネスホテルに送っていく。もう少し休め」

その時、電話が鳴った。黒沢がすぐそばにあったコードレス電話の子機を手に取る。

「あ、お前か」

黒沢は朋美を横目で見てソファから立ち上がり、少し離れたところに移動した。

「そう、そう、いや、すまん。昨日はどうしても。うん、うん、今日は大丈夫だ。ああ、そうだな。うん。あ、今ちょっと客が来てて。おお、後でこっちからかけ直す」

黒沢は子機を元に戻すと頭をかいた。

「今日夜にちょっと約束があるんだ。出るときに送っていく。ホテルの場所はどこだ？」

「新橋です。でも、もう大丈夫ですから、自分で帰ります」

昨日からはめたままの腕時計で時間を確認すると、なんと午後三時を過ぎていた。

「無理するな。起こしてやるから、あと一、二時間ベッドで寝てろ。それともなにか食うか？」

「いえ、お腹は空いてないです。お言葉に甘えてもう少し横になります」

朋美は再び黒沢のベッドに横たわった。確かにまだ頭痛はするし、気持ちの悪さも残っていた。だがそれ以上に、もうちょっとの間だけ、黒沢の匂いに包まれていたかった。

今度はなかなか眠気がやってこない。ぼんやりとした頭で横になっていると、隣のリビングで黒沢が電話で話す声がかすかに聞こえてきた。

起き上がりドアに耳を当てる。木の冷たい感触が妙に気持ち良い。ドアを閉めた状態のまま黒沢の会話にじっと耳を澄ます。

「珍しいな。やきもちやくなんて。とにかく、そんなんじゃない。わざと隠してたわけじゃないって。娘みたいなもんだ。そう。ああ、うん。わかった。じゃあ、そうしよう。俺はあいつを送ってから行くから。ああ、うん」

黒沢の声はいつもより柔らかく聞こえる。朋美はドアノブに手をかけて、慎重にほんの少しだけ開けた。

黒沢は穏やかな顔で話している。

「違うって言ってるだろ。とにかくかなり酔っ払っちゃって。それで泊めたんだ。二日酔いも酷《ひど》いみたいだから。そう、そう。お前らしくないな、まったく。わかったよ。あとでな……」

電話の相手が、黒沢の恋人なのは明らかだ。

静かにドアを閉めてベッドに戻り、横になる。

もう少し、もう少しだけ、ここにいようと思った。

うとうとしたようだった。黒沢がドアを開けたらしく、リビングの光が入ってきて、カーテンを閉め切った暗い寝室が明るくなって目が覚めた。

「そろそろ送っていく。俺は着替えるから、その間に顔でも洗ってこいよ。さっぱりするぞ」

黒沢が声をかけてきたが、寝たふりをして答えなかった。

「まだ具合悪いのか？」覗き込むようにしてくる気配を感じた。

薄目を開けると、至近距離に黒沢の顔があったが、逆光で表情まではよくわからない。もっと近い距離で恋人とキスしたりするのかと思うと悔しい気持ちになる。

「黒沢さん」朋美が声を出すと、黒沢が「起きられるか？」と訊いてきた。

「たぶん。だけど、頭が」

大げさに額に手を当てる。本当は、頭痛はだいぶ軽くなっていて、向きを変えてもあまり痛まなかった。

「じゃあ、鍵をテーブルに置いとくから、ホテルに帰るとき、それで鍵をかけて、ポストに入れといてくれ」

「はい、わかりました」

辛そうに装って答えた。黒沢を困らせて、姿の見えない恋人に対抗したかった。

「もしかしたら酒を飲んで朝帰りになるかもしれないから、まだここにいていい。なんなら明日帰っても……」

玄関のチャイムが鳴った。

「誰だろうな。とにかく、じゃあ」

黒沢が寝室のドアを閉めると、再び部屋が暗くなった。目を凝らして腕時計を見たら、五時を過ぎていた。

すぐにまた勢い良く寝室のドアが開いた。部屋の電気が点いて、まぶしくなる。黒沢が忘れものでもしたのかと思ったが、入ってきたのは、小柄な女性だった。朋美は反射的に身を起こす。

「こんばんは」

その女性は朋美に向かって微笑んだ。あまりに自然なその笑顔につられて、朋美も「こんばんは」と返していた。

女性はチョコレート色のコート姿で、四十過ぎぐらいだろうか。髪は肩までのボブで理知的な感じの人だった。

「黒沢さんが娘みたいっていうから、どんな子かなって思って」

切れ長の一重瞼で、顔の作りが特に整っているというわけではないが、その女性には、上品な大人の色香が漂っていた。控えめで自然な化粧は目尻の小皺を隠してはいないのに、かえって清潔さと知性を際立たせている。派手な作りの顔にこってりとファンデーションを塗り重ね、きついアイラインを引いた自己顕示欲が剝《む》きだしの母とは対照的だ。

スウェット姿の黒沢が彼女の後ろに立っており、朋美と目が合うと、困ったように頭髪をくしゃくしゃと強くかきまぜた。

「やきもちやいちゃったけど、こうして会ったら、なんだか安心したわ。私、山城理香《やましろりか》。テレビの制作会社で働いているの。ぜひ、私とも仲良くしてね」

理香は最後まで笑顔を崩さなかった。

黒沢と理香とともに部屋を出た。二人は目黒川《めぐろがわ》沿いの行きつけの店に行くというので、玄関で別れた。黒沢のマンションは中目黒駅まで五分の場所だった。

新橋のビジネスホテルに戻ると、すぐさまシャワーを浴びた。洗面所の鏡に映る、一重瞼を見つめる。

存在しないことになっているんだから、もう完全に父のことは忘れよう。実際にいま、この世に生きているかどうかもわからないし、知る術《すべ》もないのだから。

目を見開いてみる。

切れ長の目をした理香を思い出すと、完膚なきまでの敗北感と強烈な嫉妬心にみるみるうちに支配され、制御できないくらいに気持ちが激しく乱れた。

理香にはとうてい及ばない。でも、追いつきたいと思う。追いつくことはできなくても近づきたい。

自分は、変わるのだ。

決意して、こんなに強い感情を自分が持ちうることに驚いた。

洗面所を出て、スーツケースを開けた。服を取り出し、ハンガーにかける。

明日は不動産屋を回って、ひとり暮らしのための部屋を探すつもりだ。

第二章　ともちゃんの秘密　幸子　一九七七年

1

　チャイムが鳴っても、堀内《ほりうち》先生は話し続けていた。隣の教室からは、椅子《いす》を引く音に続き、生徒たちの賑《にぎ》やかな声が聞こえてくる。

　隣のクラスには、ともちゃんがいる。そう思うと、気になって仕方なく、幸子《さちこ》は先生が何を言っているのか、もはや聞き取ることができなくなった。

　堀内先生の薄い頭髪越しに、黒板上の時計を見つめる。すると、まるで幸子が目をやった瞬間から秒針の進みが遅くなったかのように感じられた。

　新しい学校での退屈だった一時間目と二時間目の様子を一刻も早くともちゃんに伝えたくて、お尻のあたりがもぞもぞしてきた。

　先生の顔に視線を戻す。睨《にら》むようにしていれば、話を終えてくれるのではないかと、眉間に皺を寄せてみる。

　堀内先生は、白いシャツにねずみ色のズボンを穿《は》いていた。

幸子の父親と同じく、とても痩《や》せている。いったい何歳ぐらいなのだろうか。奥さんはいるのかな。

転校初日の自分にわかるはずもない。

ともちゃんはなんでも知っているから、あとで訊いてみようと思った。

先生の長い話にしびれを切らし、窓の方を向く。校庭ではすでに多くの生徒が走り回っているのが、二階のここからはよく見える。

開け放った教室の窓から、澄んだ光が射していた。いつの間にか雨が上がったらしい。土の湿った匂いとみずみずしい草木の息吹が漂ってくる。

幸子は梅雨《つゆ》が嫌いだ。雨が降ると外で遊べないし、よく傘《かさ》を忘れて濡れてしまう。さらに食パンがかびたり、ゴキブリやねずみが増えたりするのも今頃だ。

だけど今度の家はともちゃんと同じマンションで、建ってからまだ五年しかたっていない。ともちゃんは五階、幸子は二階。マンションに住むのも、綺麗《きれい》なところに暮らすのも、幸子は初めてなのだ。

憧れだったマンションでは前の家と違って、ゴキブリやねずみもいないに違いない。傘を忘れたらともちゃんに入れてもらえばいいし、学校とマンションは通りを挟んで目と鼻の先で、すぐ取りにも行ける。

「これからは、梅雨がそんなに嫌じゃなくなるかも」と思えてきた。ともちゃんがいつもそばにいるのだから、なおさらだ。

「起立」

よくとおる女の子の声がした。続いてガタガタと椅子を引いて、まわりのみんなが立ち上がる。幸子も慌《あわ》ててそれに倣《なら》う。

「礼」

声の主は、席二つ横にいた三つ編みの女の子だった。幸子は、その子に視線をとどめたまま、中途半端な礼をする。

目が合うと、その子はなぜか挑むような眼差しでつかつかと寄って来た。

「ねえ、あんた浜田朋美のいとこなのに、顔、ぜんぜん似てないね」

鼻をつんと上げて、幸子を上から下まで執拗に眺めまわす。幸子より背が高いので、威圧感があった。

感じが悪いなあと思ったので、「でも仲良しだよ、す、ご、く」と、言い返した。

「へえ、そう」

その子は、鼻を、ふん、と鳴らし、三つ編みを揺らして踵《きびす》を返し、教室から出ていった。

すると、今度は幸子を遠巻きに見守っていた子たちが近づいて来て、質問攻めが始まった。

「好きな科目は？」

「体育」

「ドッジボールは得意？」

「うん」

「人参は食べられるの？」

「大嫌い」

「歌手では誰が好き？」

「百恵《ももえ》ちゃん」

上《うわ》の空で答えながらも、じれったくてたまらない。

早くともちゃんのところに行かないと。

幸子は、「ごめん、またあとで」と言って、大急ぎで教室から出た。廊下を早足で歩き、階段を二つ飛ばしで降りて、校庭に出た。

ともちゃんは約束どおり、鉄棒の前にいた。校庭に背を向けて立っている横顔がとても寂《さび》しそうに見えた。幸子より一回り以上大きな身体なのに、背中が縮こまって、小さくなってしまっている。

胸がちくちくと痛み出す。ともちゃんの孤独な姿を見ると、いつも、いてもたってもいられなくなる。

「何見てるの」

近寄って明るく声をかけると、ともちゃんは振り向いて、笑顔を見せた。

「このね、梅の木にね、実がなってるんだ」植え込みの木を指差した。ともちゃんの身長と同じぐらいの高さだ。

その木に特に興味を持てなかったけれど、「ふうん、そうなんだ」と答えた。そして、校庭側を向き、鉄棒に両手をかけて乗っかり、身体を半分に折る。

世界が逆さまになり、ともちゃんと梅の木もひっくり返った。目の前にともちゃんのたくましい足がある。全然汚れていない運動靴を履《は》いていて羨《うらや》ましいが、コンクリートの校庭には水たまりがあって、真っ白な靴が汚れてしまわないか心配になった。

植え込みに、白いプレートが見える。木の説明が書かれているが、漢字が多かったので読まなかった。プレートの横に紫色の紫陽花《あじさい》が咲いている。

えいやっと元の姿勢に戻ったら、さっきの三つ編みの子が、校庭の真ん中でドッジボールをしている様子が目に入った。かなり強いボールを上手にキャッチしている。

「どうだった？　あたしは転校したとき、すごくドキドキしたよ」

訊いてきたともちゃんの顔が不安げだ。幸子は、ぶんぶんと頭を横に振った。

「転校は二回目だし、平気だったよ」

答えると、ともちゃんは、ほっとした表情になる。

「あの三つ編みの子、ドッジボールうまいね」首を半分ほど校庭に向けて言った。

「うん。山口さんは、四年まで一緒のクラスだった。勉強も運動もできるし、人気があるの。だけどね、この木は、あの子の死んじゃったお姉さんの木なんだ」

ともちゃんは悲しそうな目で瞬きをした後、植え込みのプレートを見た。そこには「山口正美さんの木」と記されている。

「死んじゃったんだ」

ドッジボールをしている子たちに視線をやると、山口さんは大声でなにか指図しながら、走り回っていた。

山口さんの分も悲しんであげているともちゃんはほんとに優しい、と幸子は感心した。

「死んじゃうことに比べたら、会えなくてもどっかで生きてるってほうがましだよね」

ともちゃんはきっといなくなった父親のことを言っているに違いないと思った。

「うんうん、そうだよ。ぜったいに」頷きながら、ともちゃんの手を強く握り、前後に大きく振った。

ともちゃんの口元が緩《ゆる》んで、くくく、と笑い声が漏《も》れてくる。幸子は嬉しくなってスキップした。

二人でふざけて、チャイムが鳴るまで鉄棒の周りをなんども行ったり来たりした。水たまりを踏んでしまって新しい運動靴が濡れたけれど、ともちゃんはちっとも気にせずに笑っていた。

昼休みも、鉄棒の前で待ち合わせた。

さっきの短い休み時間のときに、隣に座っていた男の子が「お前のいとこの浜田朋美って、仲間はずれなんだぜ」とわざわざ言ってきた。

幸子にはともちゃんが仲間はずれにされる理由がわからない。勉強がよくできて、なんでも知っていて、憧れの存在といってもいいくらいなのに。

浜田朋美のいとこということは誇らしいこと。

この学校の子たちは、その良さをまったく理解できないのだ。それなら、自分が味方になる。

強い決意でもって、男の子を睨みつけた。

「友達を仲間外れにしたら、バチが当たって地獄に行くんだって」

低い声で脅してやったら、怯《おび》えたような目になったので、さらに、小さくあかんべえをした。すると男の子は向こうを向いてしまったのだった。

ともちゃんがまだ来ないので手持ち無沙汰《ぶさた》だ。片膝を鉄棒にかけて、くるりと前向きで一回転した。風が気持ちよかったので、そのままもう一度回る。勢いに任せて、また回る。

ぐるん、ぐるん。

「すっごーい」

あがった歓声に気付いて、動きを止めた。

幸子の前に数人の生徒が集まっている。その中には三つ編みの山口さんも混じっており、嫌なことを言った男の子もみんなの背後から幸子を見ていた。

「運動できそうじゃん。ドッジボールに入んなよ」山口さんが目の前に出てくる。

幸子は、「山口正美さんの木」と書かれたプレートにちらっと視線をやった。

「あのさあ、そうやって、かわいそう、みたいな顔するの、やめてくれない」山口さんはいかにも不機嫌そうな声で言った。

「お姉ちゃんのこと、思い出したくないんだ。お母さんもいまだにめそめそしてて、やなんだよ。だから、学校では忘れたいの」抑揚《よくよう》のない声だった。その表情も平坦で、感情を抑えている印象を受けた。

幸子は、触れてはいけないものに触れたような気がして、気まずさから、むやみになんども頷く。

その時ちょうど、ともちゃんが息を切らせて走って来たが、人だかりを見て、後ずさりした。

「ともちゃんも一緒なら、ドッジボールやる」幸子は鉄棒から降りる。

山口さんが、え、とうろたえた顔になった。他の子たちも、顔を互いに見合わせたり、首をかしげたりしている。

「あたしはいいよ、さっちゃんだけやってきなよ」ともちゃんがうつむく。

「山口さん、ともちゃんとあたし、同じチームにしてね」

はっきりと言ってからともちゃんのそばに行って腕を組んだ。

いざ始めてみると、ともちゃんはドッジボールがものすごく下手だった。幸子はともちゃんをかばってボールを取ったし、ボールを頻繁に回したが、ともちゃんはほとんどまともにキャッチできなかった。しかし、表情はとても生き生きとしていて、幸子はその顔を見ることができて満足だった。

2

放課後も残ってドッジボールをしようと山口さんから誘われたが、ともちゃんと待ち合わせているので断った。

連れ立って校門を出ると、すぐに中原《なかはら》街道があった。学校は街道の南側に位置していて、十分も街道沿いを歩くと環状七号線が交差している。この界隈《かいわい》は、旗《はた》の台《だい》という町だ。

傘を持ってない方の手で、ともちゃんの掌を握り、歩道橋を渡った。

「さっちゃんが越してきてくれてよかった。おかげでドッジボールにも入れてもらえた。ありがとう」

「転校生って珍しいからみんな気になるんだよ」

照れくさかったので、繋いだ手を上下に振った。

「それにね、休み時間って大っきらいだったんだ。帰りも嫌だった」

「帰ってからも、いっぱい遊ぼう」

そう言って走り出した幸子は歩道橋の階段を一段飛ばしで降りたが、ともちゃんは小刻みにひとつずつ降りた。

マンションは、歩道橋のすぐ近くにある。エレベーターの五階ボタンを押し、意味もなく、くすくすと笑いあう。ドアが開いたとたんに降りて、二人で駆けていく。廊下に足音が響いた。

玄関ドアの前で止まって息を整えると、ともちゃんは首からかけていた鍵をブラウスの中から引っ張り出した。

「なんか、鍵開けるのって、大人みたいでかっこいいね」

自分で鍵を開けた経験がほとんどなかった幸子が目を見開いて言うと、ともちゃんは、手の上の、紐《ひも》を通した鍵をじっと見つめた。

「鍵っ子なんて、ちっともよくないよ」

鍵を幸子に渡してくれる。

「さっちゃん、開けていいよ」

受け取った鍵は金属で出来ているにもかかわらず、しっとりと湿ったような感触で、温かかった。

慎重に鍵を差す。言われるまま右に回すと、カチッと乾いた音がした。

ともちゃんに続いて、玄関に入る。一足も靴がない玄関は見慣れないせいか、淋しい感じがした。しん、としていて、誰もいない。学校から帰っても、「おかえりなさい」という声がないのは変な気分だ。

ダイニングテーブルの上にメモが置いてあり、その横に問題集らしきものが二冊ある。

幸子の家の台所に置いてある使い古したちゃぶ台とちがって、ダイニングテーブルは傷もほとんどない。

ダイニングキッチンから続く部屋は扉が開け放してあった。きょろきょろと部屋を見回すが、どこも綺麗すぎるぐらい片付いている。間取りは2DKで幸子のところと寸分も違わないが、この家はずっとずっと広く見えた。清子おばさんとともちゃんの部屋がひとつずつ。畳に絨毯が敷かれ、それぞれベッドが置いてあるのが羨ましい。幸子は布団を敷いて、五歳離れた弟の康介と並んで寝ている。

おばさんの部屋には、胸から上だけのマネキン人形があった。人形の頭に髪はいっさいなく、横にいくつかカツラが置いてあるのが、面白い。

驚いたことに、ともちゃんの本棚には、漫画が一冊もない。さらに学習机の上には、参考書が積んである。壁には、何枚かの賞状が額《がく》に入って飾られていた。

ひととおり家の中を観察し終え、ねえ、と声をかけた。

「なんで、テレビがないの」

「去年まではあったんだけど、中学受験の勉強に邪魔《じゃま》だからって、ママがテレビをお隣の飯島《いいじま》さんにあげちゃったの。飯島さんとこ、それまで白黒テレビだったから」

ともちゃんが、リモコンでクーラーを点けた。

「すごいよ、テレビなしなんて」

漫画だけでなく、ドラマも歌番組も、さらにドリフもない生活なんて、幸子には想像できない。

「でも、飯島さんには、いつも夕飯を食べさせてもらってるから、その時だけはテレビが観られるんだ。NHKだけどね。飯島さんはおじさんもおばさんもぜんぜん喋《しゃべ》らないからテレビが点いてて助かるけど、つまんない番組ばっか」

「清子おばさんは、何時に帰ってくるの？」

「九時とか十時。もっと遅い時もある」

「じゃあ、これからはご飯もうちで一緒だし、テレビもおばさんが帰ってくるまでいっぱい好きなの観られるね。うちでは、ＮＨＫなんてめったに観ないよ。だけど、言っとくけどね、うちのお母さん、お店手伝ってたくせに料理好きじゃないし下手なんだ。カレーなんて、給食のほうがずっと美味しいの」

「さっちゃんと食べられればなんでもいいよ」

ともちゃんは、満面の笑みになる。

「そしたら、宿題とか、やることとやっちゃうね」

「え、すぐ宿題やるの？」

驚いていると、ともちゃんはテーブルの上にあったメモをつまんで、ひらひらとさせる。

「宿題だけじゃなくて、ママがここに書いた分、漢字と計算ドリル。それと塾の予習も。今日はいいほうだよ。本が置いてあって、原稿用紙に感想文書かなきゃならないこともあるんだ。だから学校から帰ると忙しいんだよ」

「ひとりでやるの？　誰も見てないならさぼっちゃえばいいじゃん」

「うん。でもさ、夜ママが疲れて帰ってくるたびに、ママはあたしのために働いているから、がっかりさせちゃいけないって思う。だからいい中学に入ってママを喜ばせてあげたいんだ。それにね、いつかパパに会ったときにも、いっぱい褒《ほ》められたいからさ」

自分は父親や母親を喜ばせるために何かしようと思ったことがあるだろうかと考えてみた。

両親は幸子の成績が悪くても、なにも文句は言わない。昨年リレーの選手に選ばれた時は、父がそれを理由にしこたまお酒を飲んで泥酔《でいすい》したので、むしろうんざりしたぐらいだ。

幸子は、あくまでも、自分のために頑張るだけだ。それは主に運動方面に限られているけれど。

そんなことを考えていると、教科書を広げて宿題を始めたともちゃんが、「さっちゃんも一緒にやろうよ」と言ってきた。

気が進まなかったが、向かい合ってダイニングテーブルの椅子に座った。

テーブルの上に宿題を広げるが、いっこうにはかどらなかった。もともと勉強は嫌いなのだ。幸子のやる気のない様子を見て、ともちゃんが、「内緒だよ」と、幸子の分の計算問題を全部解いてくれたので、それをまるごとうつさせてもらった。

宿題を終えると手持ち無沙汰になり、勉強するともちゃんの様子を眺めた。

鼻の頭に汗をかいている。大きなニキビがおでこに三つあった。

目は細いけれど、鼻筋が通っていて大人っぽく、いかにも賢そうな面立ちをしている。

働いていておしゃれでかっこいい清子おばさんと顔は似ていないが、ともちゃんもやっぱり、かなりかっこいいと思った。おばさんがカットしているともちゃんの髪の毛は、きちんと顎のあたりで揃っている。のばしっぱなしの幸子の長い髪と違って、ちゃんと手入れをしているということがよくわかる。

ともちゃんの解いている問題集の横に、おばさんが書いたメモがあった。ボールペンでこまごまと勉強の指示が列記してあり、一番下の行に、バナナ、トクノウとある。

「トクノウってなあに」

ともちゃんはおもむろに立ち上がり、牛乳パックとラップに包まれたバナナ一本を冷蔵庫から出してきて、テーブルの上に置いた。バナナは少し黒ずんでいる。

「おやつのことだよ。これが、トクノウ牛乳」

一リットル入り牛乳パックには、「特濃」という字が書かれていたが、「特」しか幸子には読めなかった。

「ママが用意してくれてるんだ。今日はバナナだけど、さつまいもとか、ぶどうのときもあるよ。牛乳はね、外国人が飲む、特別に濃い牛乳で、体にすごくいいんだって。これさ、牛乳屋さんから取り寄せてるんだけど、ママが頼んで飯島さんちの夕飯にも毎回出てくるの。飯島さんは、お年寄り夫婦で牛乳飲まないから、あたしだけ飲むんだけど、おかずがいつもお魚とご飯にぬか漬け、それとお味噌汁なのに、一緒にトクノウ牛乳飲むって、辛《つら》いんだよ。でも、ガマンするよ」

「あたし牛乳だいっきらいだよ。給食でもいつも友達にあげてたし。今日は転校して最初だから、鼻つまんで飲んだけど」

牛乳の味が蘇り、思わずしかめっ面になる。

「バナナ食べていいよ。これ、食べごろだよ」ともちゃんがくすりと笑った。

ラップをはがし、皮をむきながら、そういえばバナナは高いので母親がなかなか買ってくれないことを思い出した。だから好物なのに、食べるのはずいぶん久しぶりだった。

皮を剝いたそばから口に入れて、その甘さにとろけそうになる。

バナナを口いっぱいにほおばり、味わいながら、ともちゃんと同じマンションに越してきて本当によかったと思っていた。

3

幸子が転校してきてから、休み時間にともちゃんもみんなの遊びに混じるようになったが、山口さんと話すことはあまりないみたいだ。それでも幸子は、少しでも役に立てたことが誇らしかった。

ともちゃんは、週三回塾に通っている上に、家でも勉強が大変なので、放課後残って遊ぶことができない。中学受験をする生徒は各クラスに一人か二人ぐらいで、ほとんどの子が校庭で遊んで帰り、帰宅後も児童公園に集まって缶けりなんかをして暗くなるまで外にいた。

幸子も鉄棒の前で待ち合わせたともちゃんとすぐに帰った。校門を出て歩道橋を渡り、マンションのエレベーターまで手を繋いで歩く。その短い間だけでも、ともちゃんを一人にしたくなかった。

ともちゃんは、塾のある日は家に帰ってその日の課題を済ませ、おやつを食べてから電車に乗って塾に行く。そして帰りに幸子の家に寄り、夕飯を食べる。だから幸子もその日は夕飯を遅くまでとらずに待っていた。

塾のない日は、同じようにやるべきことを済ませたあと、ともちゃんは幸子の家に来た。そして夕飯後、弟の康介を交えて遊んだり、テレビを観たり、漫画を読んだりした。おばさんは、本が読めなくなるからと、ともちゃんに漫画を禁じているそうだ。

あるとき、うちでおやつにかっぱえびせんとコカ・コーラが出てきたら、「コーラはママに禁止されてるけど」と言ったものの、ともちゃんはコーラを三杯もおかわりした。袋菓子もあまり食べさせてくれないそうだが、えびせんも一気に平らげた。

ともちゃんの家は、幸子の家よりお金持ちで羨ましいが、決まりごとや禁止されているものが多くて大変そうだと思う。

母が康介とともに買い物に出ていて留守の時に、両親の寝ている敷きっぱなしの布団の上で遊んだ。母のぴらぴらした化繊《かせん》のネグリジェを布団の中から見つけ、交代でそれを着て、百恵ちゃんを歌い、キャンディーズの踊りを真似た。

父は酔っ払うとそのネグリジェを着た母と抱き合うようにしてダンスを踊ることがあるのだと教えたら、ともちゃんは、「おじさんとおばさんって仲がいいんだね。夫婦ってそういうもんなの?」とびっくりしている。その表情が寂しげだったので、余計なことを言ってしまったと後悔した。

「あたしたちもフォークダンスしてみようよ」

明るく言って手を繋ぎ、朝礼で覚えた、「オブ・ラ・ディ、オブ・ラ・ダ」を踊った。汗びっしょりになり、踊り疲れて布団の上に寝っ転がる。布団の横に母の女性週刊誌と父の週刊誌を見つけた。ともちゃんに読んだことがあるかと訊いたら、ないという。

「あっちで読もうよ」提案したら、興味津々に頷いたので、子供部屋に戻った。

扇風機を点け、やはり敷きっぱなしの布団の上にうつ伏せになり、雑誌を開く。

二人で、主に女の人の裸のグラビア写真とか、裸の男女が出てくる漫画を読んだ。ともちゃんは、食い入るようにそれらを眺めていたが、「なにをしているのか、よくわからない」と呟いた。

「もしかして、どうして赤ちゃんができるか知らないの?」

「うん。さっちゃんは知ってるの？」

幸子は、深く頷いた。ともちゃんの知らないことを自分が知っているのは得意な気分だ。

「いまから教えてあげるよ」

部屋の隅に放り投げてあったランドセルから自由帳を取り出し、そこに男性の下半身を鉛筆で、女性のは赤鉛筆で描いて、「女のここに男のこれを入れるんだよ」と説明した。幸子はこのことを半年ほど前に友達から聞いた。初めは驚き、気持ち悪いと思ったけれど、なるほどそれからは、盗み読んでいた漫画の意味がよくわかるようになった。

ともちゃんは、息を止めているかのように瞬き一つせず、幸子の描いた絵を見つめていた。扇風機のブンブンという音だけが響く。

「これが、人間のおしべとめしべってことだよね。じゃあ、花粉はどれのことだろう？お腹のどこで受精して赤ちゃんになるのかな」

上ずった声で言ったあと、ふう、と息を一つ吐く。

「それはよくわかんないけど、男と女が愛し合っていたら赤ちゃんができるんだって、お母さんが言ってたよ」

「そりゃあ、よっぽど好きじゃないと、こんなの、入れたりできないよね。やだよね」

顔をしかめ、口をへの字に曲げた。

「そうだよねえ」幸子も調子を合わせて眉をひそめ、唇をすぼめる。

「つまり、あたしのパパとママもすごく愛し合ってたから、あたしが生まれたってことだよね」ともちゃんの表情が緩み、笑顔になった。

「そう、そう、そういうこと」幸子も笑って答えた。

「この絵、もらっていい？」

自由帳のそのページを手で破いて渡すと、ともちゃんはその紙を四つに折りたたみ、大事そうにスカートのポケットにしまった。

4

夏休みになり、幸子は毎日遊び放題だったが、ともちゃんは進学塾の夏期講習で忙しそうだった。それでも合間を縫って一緒に遊んだ。

清子おばさんは、美容室の店長をしていたが、親会社から選ばれて、八月の初旬から二週間、フランスのパリへ研修に行くことが決まった。その間ともちゃんは、幸子の家で寝泊まりすることになった。

康介を両親の部屋に追いやって、ともちゃんと布団を並べて寝るのはわくわくした。

「あたしね、ママがいない間に、したいことがあるんだ」

最初の晩に、布団の上でともちゃんがぼそっと呟いた。

「なに、なに」

「自転車の練習」

五年生だというのに、ともちゃんは自転車に乗れなかったし、持ってもいなかった。一方幸子は、一年生でとっくに乗れるようになっていたし、弟の康介は就学前にもかかわらず、補助輪をとって乗り回していた。

さっそく翌日から、ともちゃんが塾から帰った夕方に、中原街道の歩道で特訓を始めた。

一直線で練習できる場所は、マンション前の歩道しかなく、車の排気ガスで空気が悪い上に、ブロックが敷かれた道は、でこぼこしていた。ただでさえ運動音痴のともちゃんは、五年生にしては大きな身体をふらふらと揺らすばかりで、なかなかうまく乗りこなせない。膝をこすり、擦り傷を作った。それでも、根気よくペダルを踏んで、諦《あきら》めずにチャレンジした。幸子も暗くなるまで、荷台を後ろから押しながら、ペダルの使い方をアドバイスした。

特訓三日目に、ようやく幸子の補助なしでも自転車を漕《こ》ぐことができるようになった。

ともちゃんは汗だくだった。Tシャツが湿って身体に張り付いて、膨らみ始めた胸が目立っている。顔は興奮して赤くなっていた。

喜んで抱き合ったら、ともちゃんの胸が幸子の痩せた身体に当たった。こんなに大人っぽいのに自転車に乗れなかったともちゃんは、大人と子供の部分がごちゃまぜになっているように思った。

「もうちょっと練習して、遠くまで行ってみようよ」

持ちかけると、ともちゃんは目を輝かせ、さらに数日間練習を重ねた。コツを覚え、しだいにスイスイと自力で運転できるようになる。

おばさんがパリから帰る前に、多摩川まで二人でサイクリングに行く計画を立てた。そして、証拠の写真を撮って、おばさんを驚かせようということになった。幸子の母に計画を打ち明け、先日買ったばかりのカメラを貸してほしいと頼んだら、母は快く承諾してくれた。

サイクリング当日、朝六時に起きると、見事な晴天だった。涼しいうちに行こうと、そっとマンションを出ようとしたが、康介が気配に気づいて起きてしまった。ついていきたいと泣き出し、大騒ぎになる。収拾がつかなくなり、仕方なく連れて行くことにした。

幸子は母の自転車、ともちゃんは幸子のもの、康介は補助輪を外した自分の子供用自転車で、サイクリングに出発する。ともちゃんが写真をいっぱい撮ると意気込んでいたので、カメラはともちゃんに渡した。

人をよけながら、幸子を先頭に、康介、ともちゃん、の順番で縦一列に連なり、中原街道の歩道を走ってひたすら多摩川を目指す。

空の青色が濃い。

日差しが強く、三人ともゴムひものついた麦わら帽子をかぶった。

環七を越えたあたりで、康介が「おしっこしたい」と言ったので、洗足池《せんぞくいけ》に立ち寄った。池を取り囲むようにして植えられた桜の木は、緑の葉をたっぷりと茂らし、涼しい木陰を作っている。その桜の木の根元で、康介が半ズボンを下ろし、立ちションを始める。

すると、ともちゃんが康介の放尿する姿にカメラを向け、シャッターを押した。

写真を撮られたことに気付いた康介は、調子に乗って、そこらじゅうにおしっこをばらまいた。

「なんで、そんなの撮るの？」

「初めて見た記念にね」

ともちゃんは口元をゆるめてカメラをカバンに戻した。

二人で顔を見合わせてにやにやしていたら、康介は恥ずかしかったのか、幸子とともちゃんに突進してきたので、キャーキャー言いながら逃げ、しばらく池の周りを三人で走り回った。

ともちゃんは、ときどきハンドルさばきが不安定になるようで、途中で、「ちょっと待って」と声をかけてきた。その度に止まったうえに、ゆっくりと走ったので、洗足池から多摩川の土手まで二時間以上かかった。

視界が開けて、川が見えると、ともちゃんが、「わーっ」と声を上げた。

「多摩川に来るの初めて」自転車を降りて土手の端に停め、大きく伸びをする。

「草の匂い、水の匂い、それと、風の匂い」そう言ってともちゃんが目をつぶる。

幸子も目をつぶってみたが、幸子にとって川べりの空気は、親しんできた匂いがするだけだ。

マンションに越してくるまでは、矢口渡《やぐちのわたし》に住んでいて、多摩川は家からすぐだった。自転車でガス橋までよく走ったし、日が暮れるまで土手で遊んでいた。だけど、前の家は父の営む中華料理店の二階で、古くて汚かった上に狭かった。おまけに夕刻を過ぎると父はお酒ばかり飲んでいたから、そんな思い出とあいまって、幸子にとっては、多摩川の風景も匂いもそんなに好ましいものには思えない。

「せっかくだからサイクリングコースを走ろう」

幸子は、自転車を放り出して土手で遊んでいる康介を呼び寄せた。

「その前に、記念、記念」ともちゃんは、ふたたびカメラを取り出した。

「さっちゃん、あたしの走ってるとこ撮って」

カメラを受け取って、ともちゃんが自転車で走る姿を何枚か撮影した。

「次は川のとこで撮ろう」

ともちゃんは自転車を置いて、土手を下っていった。幸子も慌ててついて行く。

川のすぐそばまで行って、フィルムがなくなるまで写真を撮りあった。そのあと、ともちゃんは、かがんで石を物色し始める。

「持って帰るの？」

幸子が訊くと、ともちゃんは、薄桃色がかった親指の爪ぐらいの大きさの小石を見せてくれた。

「パパに見せたいものを、缶に入れてとってあるの。この石も缶に入れようかな」

「その缶には宝物がいっぱい入ってるんでしょ。今度見せてよ」

「いいけど」わずかに困ったような表情を見せる。

幸子は手を左右に振って、「いいよ、無理しなくて」と言った。

「誰にも見せてないけど、さっちゃんにだけ、特別に今度見せてあげる」

その声が真剣だったので、幸子も、「うん、お願いします」と真面目ぶった低い声で答えた。

心地いい風を全身に受けて、サイクリングコースを横並びで走った。康介は後をついてきた。道がきちんと舗装されていて、ともちゃんも走りやすそうだ。

「ずーっと、さっちゃんと一緒に自転車で走っていたーい」ともちゃんが叫んだ。

「あーたーしーもー」

負けずに声を出す。後ろから康介が、「オレもー」と怒鳴った。

多摩川の水面が太陽の光を反射して、まぶしいほど輝いていた。


清子おばさんが、お土産をたくさん携《たずさ》えて、パリから帰ってきた。珍しい形のチョコレートや、鮮やかで綺麗な色の子供服を幸子や康介にもくれた。そのときばかりは、おばさんの子供になりたいと思ったぐらい、心ときめく品々だった。

ともちゃんは、おばさんに自転車に乗れるようになったことを黙っていたが、すぐに写真を披露する絶好の機会が訪れた。

夏休み最後の日曜日に、ともちゃんを預かってもらったお礼にと、おばさんが幸子の一家を食事に招待してくれることになったのだ。おばさんの予約したレストランは、この辺りではあまり見かけない高級な店で、大学病院の近くにあり、マンションからは歩いて六、七分ぐらいだった。

一階が駐車場になっていて、二階にお店がある。螺旋《らせん》階段を上りレストランに入ると、白いシャツにリボンの形のネクタイ、上下揃いの黒い背広を着た店員さんが、とても感じのいい笑顔で迎えてくれた。

幸子は、緊張でコチコチだった。店内が薄暗い上に足元の絨毯が柔らかすぎて、危うく転びそうになる。レストランに流れているクラシックの音楽が高級感をさらに醸し出す。雰囲気に飲まれたのか、父も母も、康介までもが硬い表情だった。

幸子の家族と、清子おばさん、ともちゃんの六人でテーブルを囲んだ。

「なんでも好きなの注文してね」おばさんは、慣れた様子でメニューを開いた。

「あたし、ビフテキと、チョコレートパフェ」

ともちゃんも緊張している様子はまったくなく、すぐに注文を決めた。幸子は迷わずともちゃんと同じものを頼む。康介は、ハンバーグとプリンにした。

両親は、おばさんに遠慮してか、なかなか注文が決まらなかった。

「じゃあ、兄さんたちもビフテキになさいよ。私もそうするから。それと、ワインいただきましょう」

恐縮している両親を見ていると、幸子まで肩身が狭くなってる。堂々としているおばさんの方が父より歳上にすら見えた。

そもそも、幸子の一家がともちゃんと同じマンションに越してきたのは、父が独立して経営した中華料理店がわずか三年で潰れてしまったからだ。困っていたところ、おばさんの口利きで父はおばさんの知り合いの会社に入れてもらった。そして、幸子の母がともちゃんの面倒を見ることを条件に、引越費用もおばさんが出してくれたらしい。

初めて食べたビフテキは柔らかくて、噛むと肉汁が口の中にあふれ出てきた。あまりの美味しさに、幸子は言葉を発することを忘れ、夢中で食べた。ナイフとフォークの使い方が危うかったが、隣のともちゃんが手伝って肉を切ってくれた。

食事中は、おもにおばさんがパリの話をした。幸子とともちゃんは、パフェを食べつつこそこそと内緒話をして、自転車に乗っている写真をいつおばさんに見せるか機会を窺《うかが》った。

おばさんは上機嫌で赤ワインを飲んでいた。父はお酒が好きだったが、遠慮してほとんどワインに口をつけていない。

話が途切れたときに、ともちゃんが、ねえママ、と口を開いた。

「なあに」おばさんの目がとろんとしている。

「ママに見せたいものがあるんだ」

ともちゃんはバッグから現像した写真を取り出した。

「あら、朋美が自転車に乗ってるじゃない。いつ乗れるようになったの？」

おばさんが写真を覗き込む。

「ママがパリに行ってる間に自転車を練習したんだ。それでね、多摩川にサイクリングに行ったの」得意げに鼻をふくらませている。

「すごいじゃない」

「うん、さっちゃんに乗り方を教えてもらったの」顔をほころばす。

「写真もきれいに撮れてるわね」

「さっちゃんが、バカチョンカメラで撮ってくれたの。川の写真もあってね……」

「バカチョンカメラですって？」

鋭い声で話を遮ったおばさんの顔がさっきと打って変わって険しくなっている。

「朋美、ちょっとこっちに来なさい」

気圧《けお》され、ほとんど聞き取れないぐらいの声で、はい、とともちゃんが答えると、おばさんはともちゃんを引っ張るようにしてトイレに連れて行ってしまった。

残された幸子の家族は、呆然としたままだった。両親は視線を泳がせ、康介は怯えた顔をしている。父が深呼吸をしたのを合図に、張り詰めた緊張が緩み、みんなが目の前の水やデザートに手を伸ばす。テーブルの上に残された写真を見るのを誰もが意図的に避けていた。

康介が水を取ろうとして、コップを倒してしまう。母が、慌ててこぼれた水をナプキンで拭く。

康介がべそをかきそうになっていたので、そばに行って、頭を撫でてあげた。

「おばさん、こわいよう」

そう言って体を預けてくる康介をぎゅっと抱きしめながら、なぜおばさんがあんなに怒ったのか、なんとなく両親には訊かない方がいいのだろうと思っていた。

5

九月になり新学期が始まった。

レストランの一件については、幸子も触れなかったし、ともちゃんからも説明はなく、なにごともなかったかのように、また夏休み前のような生活に戻った。

十月初めの運動会に向けて学校では多くの時間がその練習に充てられるようになり、幸子は選抜リレーの選手に選ばれた。

運動会当日の朝、一階のエレベーター前で落ち合ったともちゃんの足元は、真新しい水色の運動靴だ。紐で結ぶタイプで大人っぽい。幸子はテレビ番組のキャラクターの絵がついたいつものビニール靴を履いていた。

「その靴、かっこいいね」

「ママがパリで買ってきてくれたの」

「いいなあ」

溜息混じりに言ったら、ともちゃんが靴紐を解き始めた。

「貸してあげるよ。サイズ、同じだし。交換しようよ」

「え、でも」

幸子がためらっていると、ともちゃんは靴を脱いだ。

「さっちゃんが履いてるみたいな、絵の付いた靴、ずっと欲しかったんだけど、ママが買ってくれなかったんだ。だから、履いてみたい」

「ほんとに？　じゃあ、とりかえっこね」

履き込んでくたくたなうえ、サイズも大きくなっていた幸子のビニール靴は、すんなりと脱げた。

運動会には、幸子の両親、康介、それに清子おばさんも来た。おばさんは普段、日曜日も仕事なのだが、今日は午後から出勤するそうだ。

準備体操が終わって引き上げるときに観客席の方を見たら、幸子の家族が一番前に陣取っていた。朝からワンカップを飲んだに違いない父が赤ら顔で大きく手を振っているが、恥ずかしいので無視した。

父の横には母と康介、その後ろには清子おばさんがいた。大きなサングラスをかけ、つばの広い帽子をかぶっている。父の実の妹とは思えないほど素敵で、まるで芸能人みたいに見えた。

まず、全員が徒競走に出場する。同じくらいの速さの生徒が組み合わされていて、遅い順から出るのだが、ともちゃんは最初の方だった。

ともちゃんは、観客席の清子おばさんの方を何度も見ていたためか、スタートで出遅れた。さらに、途中で靴が脱げて転んでしまう。幸子の父が大声を張り上げて、「あきらめるな」と励ます。康介も「がんばれー」と応援したが、結局ビリになった。

おばさんはサングラスをかけていたので、どんな表情だかよくわからなかったが、転んだ瞬間に顔をそむけてしまい、それからはほとんど見ていなかった。ともちゃんはおばさんを気にしてちらちらと視線を向けていたけれど。

幸子は順調に一等で徒競走を終えたが、両親はおばさんを意識してか、応援が控えめで、康介だけが立ち上がって万歳をしていた。おばさんが、幸子の足元ばかり見ているようで、いたたまれなかった。

競技が終わったあと、ともちゃんのそばに飛んで行った。

「替えて本当にごめんね」靴を脱ごうと紐を解き始める。

「いいよ、気にしないで。そのまま履いてて。午後はどうせママもいないから、それでリレーに出ていいよ」突き放すような、なにかを諦めたような顔で言った。

運動会が終わった後、まっすぐともちゃんの家に行った。昼のお弁当のときに、明るく装いながらも本当は沈んでいるように見えて、今日は特に一人にしておけないような気がしたのだ。リレーで勝ったことも、自分の属する紅組が勝利を収めたことも、幸子にとってはさして重要ではなく、とにかくともちゃんのことが心配だった。

ともちゃんは机の一番下の引き出しから丸い形の缶を取り出してきて、蓋を開けた。

「これ、さっちゃんが見たいって言ってたのだよ」

缶の中には、折りたたんだ紙類や、多摩川で拾った小石、写真、その他にもいろんなものがごちゃごちゃと入っている。写真は、洗足池と多摩川で撮ったものだ。

幸子は、中を覗き込む。

「これ、どうしたの」

セロテープでツギハギされている四つ折りの画用紙を指差した。

「ああ、これね」

ともちゃんは缶を机の上に置き、中から画用紙を出して広げる。そこには、消防車の絵が描かれていた。

「上手いねえ」

感心して言うと、ともちゃんは、壁にかけてある表彰状の方を見た。幸子もそっちに視線をやる。壁には、作文や絵、虫歯のないこと、習字の級について称えた賞状が五枚ばかり飾られている。

「東京都で入選した絵なんだよ」別段得意そうでもなく、淡々とした調子で言った。

「そんなにすごいのに、大事なのに、なんでセロテープで貼ってあるの？」

ともちゃんは、すぐには答えずしばらく下を向いていたが、やがて「こないだね」と、顔を上げて話し始める。

「レストランに行った日、帰ってきてから、この絵を自分で破っちゃったの」

「どうして」小さな声で尋ねた。

「この絵で三年生のとき、初めて入選したの。そのときママが喜んでくれたのがとっても嬉しかったんだ。だから、めちゃくちゃにしたくなっちゃって」

「レストランでおばさんになんて言われたの？」

「バカチョンカメラって、バカでも朝鮮人でも撮れる簡単なカメラって意味もあるんだから、言っちゃいけないって。でも、別に怒られたことが嫌だったんじゃないよ」

「そんな意味があるなんて知らなかったよ。みんなバカチョンって言ってるし、テレビのコマーシャルでも」

「あたしだって知らなかったよ。だけどママは、チョンを朝鮮人って意味で使っていないのだとしても、朝鮮人を劣った人間みたいに言ってるようにとられるから、その言葉を口にするなって。差別になるって。そのとおりだと思うけど、あたしが自転車に乗れたことより、ママが差別とかそういうことのほうを気にしたのが悲しかったし悔しかったし、頭にきたの。あたしのことなんて、ママにとって、たいしたことじゃないんだって」

「そんなことないよ」

「ううん、今日だってそう思った。ママってさ、優秀で正しい立派なあたし、しか好きじゃないんだよ。読書感想文で入選したときも、虫歯がなかったときも、ママは嬉しそうだった。なんかね、一緒に暮らしていても、いつもママは遠くにいるような気がするの。賞状をたくさんもらったり、いい成績を取れば、ママに近づけるんじゃないかって思ってさ」

　ともちゃんは、消防車の絵をもとどおりに折りたたんだ。

「でもね、パパは違うはず。パパは、すごく立派な人だってママは言ってたけど、健一おじさんみたいに、あたしのしたことなら、なんでも喜んでくれると思う」

「うちのお父さんなんて、ぜんぜん立派じゃないし、ただの酔っ払いでろくなもんじゃないよ」

　ともちゃんは、考え込むような表情になる。

「立派じゃなくてもいいの。お父さんが、いてくれるだけでいいんだよ」

　ぼそっと漏らしたともちゃんの言葉に、幸子の鼻の奥がつんとなってくる。

「この消防車の絵はね、パパに見せられなくなっちゃうって気がついて、あとから、セロテープで貼って直したの」

　ともちゃんは、消防車の絵を缶に戻した。それから、薄い紙を手にする。

「このね、さっちゃんが描いてくれた自由帳の絵もね、パパになら見せてもいいかなって。あたしが初めて知ったこととか、記念のものをとっといて、パパにたくさん話したい」

そう言いながら缶の蓋を閉め、引き出しにしまった。

「ね、うちに行って、ラーメン食べようよ。お父さんが作ってくれるはずだから」

ともちゃんの腕をつかんで、玄関に向かう。水色の運動靴を見たら、涙がこぼれたけれど、首を振って気づかれないようにごまかした。

6

六年生に進級したと同時に、事件が起きた。

ことの発端は、幸子が貸した少女漫画をともちゃんがダイニングテーブルに置きっぱなしにしていたことからだった。塾のテストの成績も落ちていたので、清子おばさんから漫画を読んでいることをこっぴどく叱られ、他にも隠していないかと、机の引き出しの中をすべて調べられた。

そして、大事にしまっておいた丸い缶がおばさんに見つかり、中身を全部見られてしまったのだ。

洗足池で撮った立ちションの写真や、幸子が自由帳に描いた絵などがその場で破り捨てられた。

それからおばさんは、かなりの剣幕で幸子の家に来た。ちょうど父が晩酌《ばんしゃく》をしていた時で、幸子と康介は布団に入ったばかりであった。

戸が閉まっていても、キンキンした声が聞こえてくる。

「朋美に悪い影響が出て、困る」

さらに、幸子と付き合うと、ともちゃんが勉強しなくなるというようなことを言っている。

「兄さんたちは、子供にいったいどんな教育をしているのか」

幸子がませていることを責める言葉がその後も続いた。

「だいたい、兄さんもちゃんと仕事してくれないと、私の立つ瀬がない」

終始聞こえてくるのは、おばさんの声だけだ。

幸子の父は、調理師の学校を出て、中華料理店のコックになったが、仕事に支障が出るほどお酒を飲みすぎて、いくつかの店をクビになった。その後心機一転、自分の店を始めたが潰れてしまい、おばさんの計らいで運送会社に入れてもらっていた。

今度のことは、自分に非があると思っている。おばさんの怒りを買って父が仕事をクビになったらどうしようかと、幸子は心配でならなかった。

次第に息苦しくなってくる。康介も幸子にしがみついてきた。康介とひとつの布団に入って、かけ布団を頭までかぶって耳を塞《ふさ》ぎ、おばさんの声が聞こえないようにした。両親とおばさんの間でどういう話し合いになったか、詳しくはわからない。父は会社を自分から辞めて、五反田《ごたんだ》の中華料理店でふたたびコックを始めることになる。

幸子の一家はまたしても引越し、転校することが決まった。荷物をまとめていよいよ出発という日に訪ねたら、ともちゃんの目は真っ赤だった。

「これ、お別れのプレゼント」

手に持っていたリリアンのブレスレットを渡す。昨日、夜遅くまでかけて作ったものだ。ともちゃんはブレスレットを見つめながら、「さっちゃん、ごめんね」と洟をすする。

「あたしこそごめんだよ。お正月におじいちゃんの家で会おうね」努めて朗らかに振る舞った。

「ママがいないとき、電話するからね」ともちゃんは涙声になっていた。

約束通り、ときどき電話がかかってきた。ともちゃんは、飯島さんの家で夕飯を食べている。中学受験の準備で毎日塾に通い、勉強も大変になってきているそうだ。学校でみんなと遊んでいるかと訊いたら、休み時間は教室で本を読んだり、ドリルをやったりしているということだ。もしかしたらともちゃんが一人ぼっちになっているのかもしれないと思うと、幸子の胸が痛み始めるのだった。

お正月には、戸越銀座《とごしぎんざ》という庶民的な町の商店街で古書店を営むおじいちゃんの家に集まるのが浜田家の恒例だ。

おじいちゃんの家は、一階が店舗、二階が住居になっていて、店舗の入口は、古い木の枠にガラスがはめ込まれた引き戸で、間口は一間《けん》ほどだった。店は十坪に満たず、古本が本棚にびっしりと並べられていた。住居と店舗の入口は別々だったが、店舗からも階段で二階に上がれるようになっている。

幸子たち一家の今度の引越先が同じ駅なので、幸子と康介はよく遊びに行っていた。おばさんのマンションともふた駅しか離れていなかったが、ともちゃんがおじいちゃんの家や幸子の家に来ることはなく、電話以外で接触することができないでいた。おばさんが駆け落ち同然で結婚したことが原因で、おばさんとおじいちゃん、特におばあちゃんとの仲が悪いのだと、母が以前、教えてくれた。

幸子はお正月にともちゃんと会えるのを心待ちにしていた。

新年の挨拶を終え、一同でお膳を囲むが、会話は少なく食卓の空気は重苦しかった。それぞれが、ひたすらにお酒を飲み、料理を食べ続ける。

おばあちゃんがともちゃんをじっと見ているのに気づく。その視線は決して温かいものではなかった。おばあちゃんは幸子のことも康介のこともすごく可愛がってくれるのだが、昔からともちゃんに冷たいことは感じていた。一方おじいちゃんは、もともと寡《か》黙《もく》な人で誰に対しても同じようにそっけない。

幸子は、その態度をかねてから不思議に思っていたので、おばあちゃんが料理を取りにいったのを見計らって台所についていった。

「ともちゃんのこと、なんで嫌いなの？」

おばあちゃんは、作業の手を止めて振り返った。表情が険しい。

「あ、いい、なんでもない。なんでもない」

幸子はごまかそうとしたが、おばあちゃんは、大きな溜息をひとつ吐いたあと、あのね、と言って息を吸い込む。

「朋美はね、普通と違うから」吐き出すように言った。

「普通と違うってどういうこと」

「朋美にはお父さんがいないでしょ」

「お父さんがいないから嫌いなの？」

「あの子はね、私生児だから」

「私生児ってなに？」

「まあ、幸子が大人になったらわかるわよ」

そう言うと煮物を器によそい、台所を出て行ってしまった。

雰囲気の良くない居間に戻り黙って座っていたが、お腹が満たされると早く立ち去りたくなった。ともちゃんと目配せを交わして食卓を離れる。清子おばさんが一瞬嫌な顔をしたけれど、文句は言わなかった。

幸子はともちゃんと並んで、階段の一番上に座り、もらったお年玉を数えていた。その時に、顔がほんのり赤くなっているおじいちゃんが現れた。二人とも、咄嗟《とっさ》にお年玉を後ろに隠す。

「二人は、最近、どんな本を読むのかな」

口数の少ないおじいちゃんに話しかけられて、幸子は、えっと、えっと、と動揺した。

「この間、『路傍《ろぼう》の石』を読んだばかり」ともちゃんが答えた。

するとおじいちゃんは、そうか、と言って、かけていたメガネを指で直すと、階段を下りていった。

「びっくりしたねえ」「ほんとだね」二人で言い合っていたら、おじいちゃんが階段を上がってきた。手には二冊の本を持っている。

「お年玉もいいが、この本をあげよう」

おじいちゃんは一冊ずつ本をくれた。ともちゃんの本は、緑色の表紙の『ああ無情』というタイトルで、幸子の方は、赤い表紙の『坊っちゃん』だった。

「ありがとう。読みたかったんだ、これ」

ともちゃんは、嬉しそうに本を開いた。幸子も本を開いてみる。字がいっぱいで、目がチカチカした。

「おじいちゃん、あたし、漫画の方がいいなあ」

正直に言ったら、おじいちゃんは、ふっと表情を緩めた。

「じゃあ、下で好きな漫画、一冊選びなさい」

そう言って住居の方に入ってしまった。幸子は、ともちゃんに、これもあげる、と『坊っちゃん』を渡そうとした。

「いい、それもう読んじゃったから」自分の本から目を離さずに、パラパラとページをめくる。

幸子が漫画を探すため階段を下りようと立ち上がると、持っていた『坊っちゃん』が床に落ちてしまった。裏表紙に、持ち主だったらしき人の名前が書かれている。高橋、とあった。

ともちゃんが、本を拾ってくれながら、高橋か、と呟く。

「あたしね、自分の苗字が不思議なんだけどさ。さっちゃんは、浜田幸子で、あたしは、浜田朋美。ママと健一おじさんは、男と女のきょうだいでしょ。なのに、さっちゃんとあたしが同じ苗字って変。ママは結婚して苗字が変わるはずなのに、ママもあたしも浜田のままっていうのはおかしいっていつも思うんだ。ママとパパは駆け落ち同然で結婚したから、パパがお婿《むこ》さんってわけでもないし。お婿さんはね、女の方の苗字になるんだよ」

「ふうん」早く下に行きたくて、適当に相槌《あいづち》をうつ。

「ママには訊ける雰囲気じゃないしなあ。あたし、いろんなことが普通と違うんだよね」


ともちゃんが、思案顔になる。普通じゃないという言葉に、先ほどのおばあちゃんとの会話が蘇った。

「ねえ、その苗字のことって、理由をどうしても知りたいの？」

「そりゃそうだよ。だってわからないことばっかりなんだもん。でも訊いちゃいけない感じだし、誰も教えてくれない。パパがいなくなったのだって、仕事のせいってママは言うけど、こんなにずっと会えないのもおかしいよね。あたし、仕事って嘘じゃないかと思うんだ」


ともちゃんが、本当のことを知りたがっている。おばあちゃんに聞いたことを話すべきなのだろうか。しかし幸子には、私生児というのが、どういう意味かわからない。あまりいいことではないのは察しがついている。困惑してしまい、「下に行こうよ、ともちゃん」と、階段の下に視線を逃がした。

店舗に下りた幸子は、漫画を物色するふりをして、国語辞典を探した。ついてきたともちゃんは、「漫画読むの久しぶりだなあ」と、棚から少女漫画を一冊抜き取っている。

幸子は見つけた辞典を開き、「しせいじ」の単語を引いて、指でなぞる。

『私生児　しせいじ　非嫡出子・ひちゃくしゅつし』

まったく意味がわからない。それに続く文章を読む。

『正式に夫婦でない男女の間に生まれた子』そこまで読んで、正式に夫婦でないってどういうことだろうかと、考えてみる。

「なにしてんの」

ともちゃんの声に驚いて、ひっと叫んでしまった。咄嗟《とっさ》のことで、幸子の指は『私生児』のところを指したままだ。ともちゃんが幸子の指先を見ているので、慌てて指を引っ込めた。

「あの、その、あのね」

必死に取り繕ったが、ともちゃんは、黙って開かれたページに見入っている。

「さっちゃん、なんでこの『私生児』って言葉を調べてたの？」

辞書から視線をこちらに移したともちゃんが首をかしげた。声は穏やかだったが、目は鋭い。

「お、おばあちゃんが、と、ともちゃんは、し、私生児だって言ってたの。意味がわからないから調べたの」

声が裏返ってしまう。

「ともちゃん、なんか、なんか、ごめんね」

「いいんだよ」

投げやりに言ったともちゃんの顔から表情が消えていく。

「やっぱりそうだったんだ」

遠くを見るような目のともちゃんは、幸子にではなく、自分自身に向かって言ったように思えた。


ともちゃんは、二月に中学受験の本番を迎えた。全国のテストでもかなり成績がよかったから、難関の第一志望の国立中学も第二志望の私立中学も、合格確実と思われ、塾の先生や清子おばさんはかなり期待をしていたようだ。

ところが、受験したすべての学校の合格発表が終わったあと、ともちゃんから電話があり、一校補欠にひっかかっただけだという結果を聞いた。それを伝える声は意外にも明るかった。

「あたしが私生児だってことは、なにをしたって変わらないんだから、どんなに勉強ができて、いい学校に行っても意味がないんだよ。だから、試験の時、名前をわざと書かなかったの」

「おばさんは、がっかりしたんじゃないの」

「うん、すごく落ちこんでる。あたしね、ママには自分が私生児って知ったことは黙ってるの。だけど、復讐したい気持ちがいっぱいだから、せいせいした。ママの思い通りになんて、ぜったいにならない」語気が強かった。

結局ともちゃんは、補欠が繰り上がり、私立大学の附属中学に通うことになった。その学校は、名前が書かれていなかったけれどずば抜けて成績がよかったので、補欠にしたということだった。良家の子女が通うことで有名な学校で、芸能人の子供も多くいた。学校に徒歩で通えるようにと、ともちゃんとおばさんは広尾のマンションに越した。なんだかともちゃんが自分とは種類の違う人になり、遠くにいってしまうようで寂しかった。

それでも電話をし合ったし、休みの日に、原宿や渋谷に一緒に出かけた。地元の公立中に進学した幸子は近所でしか友達と遊ばないが、ともちゃんは親友ができてその子と原宿や渋谷によく行くそうで、クレープ屋さんや、タレントショップなど、店をいろいろ知っている。小学校のときとずいぶん雰囲気が変わっていったともちゃんは、相変わらず少し太り気味だったが、だいぶくだけた感じになった。厳しかった清子おばさんが自分の会社を始める準備で忙しく、娘にあまり干渉《かんしょう》しなくなったことも影響しているのかもしれない。

ともちゃんは、中学に入ってから物事に対して一生懸命取り組むという姿勢がいっさいなくなったそうだ。やるべきことをこなすだけでそこそこの成績はとれるということだった。バスケ部で汗にまみれている幸子とは、住む世界が違うような気がした。そういうふうに感じているのが伝わってしまったのだろうか、少しずつ距離ができていってしまい、中学二年になるころには、電話も減った。当然会う回数も少なくなり、三年にもなると、幸子の高校受験もあって、連絡を取り合うことすらなくなっていく。お正月に会うぐらいだったが、なんとなくよそよそしくなって、一緒に立ち読みしたりもしない。以前のような親密さはなくなっていた。

高校一年の秋に、おじいちゃんが肝臓がんで亡くなった。

おじいちゃんともおばあちゃんとも折り合いが悪く、お正月でもほとんど口をきいていなかった清子おばさんが、お葬式でかなり取り乱した。

「お父さん、ごめんなさい、ごめんなさい」おばさんは、おじいちゃんの柩《ひつぎ》にとりすがって、号泣した。

幸子自身も家族も、悲しくて声を上げて泣いた。だが、ともちゃんだけは、泣いていなかった。表情を曇らせていたので、必死に泣くのを我慢していたのだと思う。

幸子の隣にいたおばあちゃんが、ともちゃんを見て、「かわいくない孫だ」と憎々しげに呟いた。

焼き場で待つ間、ともちゃんに話しかけられた。

「おじいちゃんは、お正月にあたしが一人で階段に座っていると、いつも『朋美はいま何の本を読んでいるんだね』って訊いてくれた。答えると、そうか、って言って、メガネをかけ直したの。それで、本を必ず一冊くれたんだ」ともちゃんの瞳がうるんでいる。

「ともちゃん、おじいちゃんのこと、好きだったんだね。おじいちゃんもともちゃんが好きだったんだね」

「うん。だけど、あんなにママが派手に泣いてるから、あたしは意地でも泣くもんかって」こぼれた涙を慌ててハンカチで拭う。

素直に感情を出すことができないでいると、とてもしんどいのではないか。ともちゃんは、根っこのところはちっとも変わっていないのだ。

おじいちゃんが死んで古書店は閉められ、幸子の一家がおばあちゃんと同居し、やがて古書店を改装し、父と母がラーメン屋を始める。

幸子は、おじいちゃんの葬式を機に、ともちゃんとまた連絡を取り合うようになり、ときどき映画に行ったり、ご飯を食べたりした。だが、浜田家は、お正月にみんなで集まることもなくなった。

おばあちゃんは、五年後に亡くなるまで、ともちゃんと清子おばさんに二度と会うことはなかった。

第三章　告白　朋美　一九九〇年

1

朋美は差し込んだ鍵を右に回した。カチッという聞きなれた音を確認して、玄関ドアを開ける。

ひょっとしたら母がいる可能性もあると思うと、身体がこわばってしまう。音をなるべく立てないようにして玄関に入り、靴を脱いだ。

母はいなかった。

淋《さび》しい気持ちと安堵《あんど》する気持ちが入り混じる。張り詰めていた糸が自分の中で一気に緩《ゆる》むのがわかる。

「ひとり暮らし用のアパートを見つけたからそっちに荷物を取りに行く」

電話で告げたとき、母は「そう」とだけ言った。家を出たことを心配している様子もなければ、ひとり暮らしを始めることに反対もしなかった。

それでも今日は家にいるのではないかという淡い期待もあった。いたらいたで鬱陶《うっとう》しいし、顔を見れば腹も立ったかもしれないけれど、いくら忙しい身分だからといって、なんとか時間をやりくりして娘の独り立ちを見送ってくれるぐらいの愛情があってもいいのではないかと思う。

その愛情を自分が受け入れるかどうかは別として。

リビングは朋美が出て行った時とほとんど変わりがない。キッチンスペースに入り、冷蔵庫の扉を乱暴に開けた。

常備していたトマトジュースが見当たらないだけでなく、棚がスカスカなのを見て、自分の居場所はもうないのだと思い知らされる。音を立てて扉を閉め、そのまま自室へと向かった。

部屋の様子も家を出た日とほぼ同じだった。引越業者に手配しておいたいくつかの組み立てていない段ボール箱が壁際に立てかけられているのだけがいつもと異なっている。

ベッドに腰掛けて、室内をゆっくりと見回す。今日でここともお別れだ。実感はないが、しっかりとこの光景を目に焼き付けておこうと思う。

留守番電話の録音を表示する赤いランプが点滅していて目障りだ。どうせソン・ユリからのメッセージに決まっている。ランプを見ていると、次第に怒りの矛先《ほこさき》が母からユリに移っていく。

立ち上がって、電話線のプラグを電話機から引き抜く。

アルバイト先にまで電話をかけてきたユリに対して、もはや憎しみに近い感情を持っていた。「忙しいので折り返しかける」と告げて切ったきりにしてしまっているが、もちろん電話をする気など、つゆほどもない。

机の方に視線をやると、郵便物がいくつか重ねて置いてあるのに気付く。

ダイレクトメールに混じってユリからの手紙が届いていた。綺麗な水色の封書を裏返すと、ユリの住所の下に、ロケ先の長野より、とあった。

ユリのしつこさに辟易《へきえき》し、手紙の封を開けることなくゴミ箱に投げ入れようとして、ふと動作を止めた。

ゴミ箱は空っぽだった。

家を飛び出したとき、ゴーフルの缶と中身をここにぶちまけたが、母が片付けたのだろうか。その時、捨てたものを見られただろうか。

いや、母はゴミがなんであるかを気に留めるような細やかな性格のわけがない。そもそも母がゴミを処分したかどうかだってわからない。秘書の永井に家の雑用を言いつけてやらせたか、定期的に来る掃除の業者が捨てたに違いない。

勢いをつけて手紙をゴミ箱に投げ入れた。

それからクローゼットの洋服を段ボール箱に詰め始めた。

大学時代に合コンに着ていったセットアップのスーツはもう型が古いので置いていこ

う、などと服の仕分けをしていると、思い出がいちいち蘇る。そこにはユリが頻繁に登場した。

ある合コンでは、一流大に通う男が、朋美には目もくれずユリを気に入って媚《こ》びていたのに、彼女が韓国人と知って急に態度を変え、冷たくなった。朋美とユリは合コンを途中で抜け出してマクドナルドに寄り、その男の悪口をさんざん言い合ったのだった。

入学した中学校のクラスで、ユリは目立つ存在だった。まず、孫《ソン》、という苗字《みょうじ》が変わっていた。中国人か韓国人なのだろうと思った。彼女は付属の小学校から上がってきた、いわゆる内部生だった。顔立ちが派手で明るく活発なユリには友人がたくさんいた。

中学一年の最初は成績優秀者がクラス委員になる決まりのようで、受験組の外部生では朋美、内部生ではユリが担任の先生に指名された。

ユリは、自分が在日韓国人三世だと、最初に告白してきた。小学校までは、孫田《まごた》、という姓を名乗っていて、それは、通称名《つうしょうめい》、というものだそうだ。

「どうして苗字を変えたの？」

「私、六年生の夏休みに、アンネの日記を読んで感動して、自由研究でナチスのユダヤ人迫害について調べたんだよね。さらに日本での差別ってことで被差別部落のことも詳しくやったのね」

それが苗字を変えたこととどう結びつくのかわからなかったが、ふうんと相槌《あいづち》をうった。

「私たちの小学校、自由研究の出来を投票して、順位を決めて、一位になった子は、授業参観で発表するんだ。それで、私の『差別の研究』が投票で一位になったのに、担任の先生が、『本当にこれでいいの？』って言い出してさ」

「なんで？　一位になったのに？」

「『蜂の生態研究』の方が手間がかかってるからだって」

「えー、ひどいね」

「でも、先生には逆らえないじゃない？　結局もう一度投票になって、私の『差別』は『蜂』に負けちゃったの」

「悔しいね」

「うん、ものすごく悔しかった。普段はみんなに、人を差別しちゃいけません、とか言ってた先生なのに、本当は、差別の話が好きじゃなかったんだろうって思った。私は自分が韓国人だから、ユダヤ人迫害や部落差別のことが気になるけど、先生は違うんだろうなって。みんなもそうかなって」

頷いてユリの話に聞き入った。

「でも、私、みんなにわかってほしかったんだ。だからね、朝の三分間スピーチっていうのがあって、翌週の私の番だったとき、突然『私は韓国人です、ソンが本名です』ってみんなの前で言っちゃったんだ。それまで隠してたのにね」

「すごいね。勇気あるね」

「だけどね、担任の先生が、ボロボロ泣いてんの。べそかきながら『かわいそうに、勇気がいったでしょう』って言うの。私ね、自分ってかわいそうなんだって知って驚いたんだ」

「かわいそう、って思われるの、嫌だよね」

自分も父親がいないことでかわいそうと思われるのには反発があった。

「嫌だったよ。それで、父親にそのことを言ったら、ものすごく怒ったんだよね。かわいそうなもんかって。お前は中学からは堂々と本名で学校に通えって言われて。私も、そうだ、こそこそしないで韓国人として生きていこう、って決めたんだ。だから、いまはソンなんだよ」

成績が良いことでライバル意識を持ったからか、それとも親近感からか、その両方からか、ユリは朋美に近づいてきた。クラス委員なのでともに過ごす時間も多く、次第に近しい間柄《あいだがら》になった。親しくなるとユリは、さらに自分の家庭事情を詳しく打ち明けてきた。

ユリの父親は手広くパチンコ店やゲームセンターなどを経営していて、かなり裕福だった。だが彼女は、医者や会社の経営者、有名企業の社員など、立派な経歴の親を持つ同級生たちに対して、自分が韓国人であることと親の職業を恥じているようなところがあるらしかった。

朋美は話を聞いてつい気がゆるみ、自分が母子家庭であることを話してしまった。それを聞いたユリは「私たち、なんか似てるよね」と、ますます親密に接してくるようになった。そのおかげであまり社交的でない朋美も、ユリが仲のいいグループにすんなりと入れてもらうことができた。

けれども、朋美はユリの明らかな仲間意識を手放しで受け入れることができなかった。彼女には弟がいたし、両親も揃っていた。韓国人の習慣で頻繁に行われるらしきチェサと呼ばれる法事の儀式の度に一家は濃密な親戚付き合いをしていて、朋美の目から見ればとても恵まれているように映った。

ユリは弓道部に朋美を誘った。特にやりたいこともなかったので、朋美は抵抗もなく弓道部に入った。そんなに厳しい練習もない部だったから、適当に力を抜きつつクラブ活動を楽しんだが、ユリは負けず嫌いでクラブ活動にも熱心だった。その熱心さのうちには、あえて日本古来のスポーツをすることで自分が在日韓国人三世であるという事実を中和したいとの思いもあったのかもしれない。

朋美の家は学校から近かったので、友達が自由に出入りして、いつも通いの家政婦さんが何人分もの夕食を作ってくれた。だから母の留守がちにもかかわらず、孤独を感じることもあまりなかった。

母が家にいるときに友人たちと顔を合わせることもあった。

「ユリちゃんみたいな子が親友なんて、朋美は人を見る目があるわね」

当時、母に褒《ほ》められることなどめったになかっただけでなく、反発心ばかりが旺盛で、その言葉を素直には喜べなかった。

思えば、小学校の頃は母の評価を得たくてなんでも必死に頑張ったが、中学生、やがて高校生にもなるともはや前髪の出来具合やスカートの丈を短くすることのほうが朋美の関心事だった。

朋美の学校は共学だったし、格好いい男の子もいたが、恋愛にほとんど縁がなかった。かといって真面目な学生生活を送っていたわけでもない。親しくしていたグループのメンバーたちはユリを含めてどちらかというと派手な集団だったし、周りには、好きだの告白だのという話がたくさん転がっていた。男女限らず友達も多く、おおむね楽しい日々だった。ユリの恋愛の相談にいつものっていた。

小学生の頃から少し太り気味だったが、朋美程度の体格の女子高生は少なからずいた。短くしたタータンチェックのプリーツスカートからのぞく太ももや白いハイソックスを穿《は》いたふくらはぎは、若さだけがエクスキューズとして許されるものだったが、それでも朋美は男の子にまったくもてなかった。しかも地味な弓道部に属していた。気になる男の子がいても、自分に自信が持てなくて、恋心を胸にしまっておくだけにした。

　容姿端麗のユリは、同じ弓道部にいても常にグループの中心的存在で、華やかな交際をしていた。朋美はそんなユリがちょっと羨ましかった。

　朋美もユリも大学にはエスカレーター式に進学した。朋美は英米文学科、ユリは新設の国際政治学科を選んだ。

　大学の教養課程二年間は神奈川県厚木《あつぎ》市のキャンパスに通わなければならなかったので、小田急線での通学時間をひたすら読書にあて、たくさんの小説を読んだ。一方ユリは、ボーイフレンドの車に同乗して通学するような、朋美とは別世界の学生生活だったが、たいがい彼らとの交際は長続きしなかった。

「日本人と付き合うなって、親に邪魔されるんだよね。向こうの親に反対されることもあるんだ」

　諦め切った表情で呟いたユリの言葉は忘れられない。だが専門課程になり、校舎も青山に移ると、ユリは恋愛よりも俄然勉強や自分のスキル向上に打ち込み、アナウンスセミナー、語学学校など、忙しい毎日を送るようになり、本ばかり読んでのんびりしている朋美に、「朋美は気楽でいいね」と言った。

卒業旅行と称してユリと二人でヨーロッパへツアーで行くことにした。朋美は、パスポートを作るために戸籍謄本《こせきとうほん》をとった。戸籍上父親がいないということを書類ではっきりと目《ま》の当たりにすると、自分が無意味な存在であるような思いに苛《さいな》まれた。

二週間近く旅をしていても、その思いは常についてまわった。日本への帰国前日はパリに滞在しており、自由行動だった。早朝から蚤《のみ》の市《いち》に行ったり、美術館を巡ったりしたので、歩き回ってくたびれていたが、どうしても行きたいというユリに付き合って、最後にエルメス本店にも立ち寄った。ゴージャスな店構えには気後れしたが、勇気を出して店に入った。

日本人の多さにうんざりしているのか、ジーンズ姿のいかにも旅行客という身なりの若い女性にはそもそも冷たいのか、エルメスの店員はかなりそっけなかったが、ユリが流暢《りゅうちょう》な英語で問いかけると、一応形ばかりの接客はしてくれた。

ユリに勧められ、朋美もパリに来た記念にと、一緒にスカーフを買った。

旅行最後の晩はすっかり疲れ果て、外で食べる気力はなく、近くのマルシェで買ったチーズやドライフルーツ、白ワインをホテルの部屋に持ち込んだ。

訪れた国のことを振り返り、ツアーで一緒だった学生たちのことを話しているうちに、ユリが、「はあー」と、大きな溜息を吐いた。

「楽しかったよね」と朋美が言うと、ユリは、「まあね、でもね」と顔をかすかに歪《ゆが》めた。

「なんかさあ。日本人ばっかりのツアーだから当たり前だけど、やっぱり私一人パスポートの色が違うのは、変に目立つし、本当はすごく嫌なんだよね。国を越えるたびにパスポート出して、そのことを意識させられる」

ユリにしては弱々しい口調で言ったあと、白ワインをまるでジュースのようにごくごくと飲んだ。

「みんなそんなこと、気にしてなかったと思うけどな」

「そうかなあ。ツアコンが私の名前を呼ぶ度にジロジロ見てた子いたじゃない。ほら、彼氏と来てる大阪の派手な子」

「そう？　気のせいだよ」

その子はたぶんユリが綺麗でおしゃれだからライバル心があるのだろうと想像したが、それをユリ本人には言わなかった。

「視線が気になるんだよね。苗字をソンに変えてから、ずっとそういう感じ」

「そうなんだ」ほかにうまい言葉が見つからない。

「韓国人として誇りを持つべきだってわかっていても、やっぱり日本人に生まれたかったって思っちゃうんだよね。就職活動してなおさらそう考えちゃった。親には口が裂けても言えないけど」

「うん」それ以外、なんと言っていいかわからなかった。

「だけどさ、日本人になりたいって思う反面、こうして海外旅行とかして日本に帰るとき、在日韓国人はいちいち再入国許可っていうのがいることには、あったまくるんだよ。許可だよ、許可。お伺い立てなくちゃなんないわけ。入国審査も『外国人』のとこ通るから、お前はよそ者だって念を押されているみたいなの。うちの親、普通の人以上に税金だってちゃんと払ってんのにさ」

朋美は息巻いて話すユリにたじろぎ、返事に困る。

「ごめん、ごめん。朋美に当たってても仕方ないのにね」

「そんなことないよ。こういう風に日本から離れて外国をまわっていると、自分のこと外側から見てしまうよね」

朋美はユリのグラスに白ワインを注いだ。

「普段はあまり意識しないようにしてるんだけどね」

「私だって、いつもは忘れるようにしてたけど、パスポート取るのに戸籍見たらさ、今回、母親が父親と籍を入れてなかったってこと、あらためて考えちゃったよ」

「朋美のお父さんとお母さん、結婚していなかったの？」

ユリが素《す》っ頓狂《とんきょう》な声を出した。よほど驚いたらしい。その反応で、気が緩んでつい喋《しゃべ》ってしまったことに、朋美自身も驚いた。

「小学校六年生の時に自分が私生児だってこと知ったんだ。それからは、母親の顔を見ると憎らしくなるの」すらすらと説明している自分が不思議だった。

「そっか」

今度はユリが朋美のグラスにワインを足してくれる。朋美は一口ワインを飲んでから、だけどね、と続けた。

「たったひとりの家族ではあるからさ」

「朋美のお母さん、働いていて、忙しいよね。寂しくないの？」

「うん、まあ、慣れてる。私に構う余裕ないから仕方ないよね」

「でも、やっぱり本当はお母さんにもっと気にかけて欲しいんじゃない？」

そう言われてうかつにも涙がこぼれてしまった。慌ててごしごしと涙を拭う。

ユリの瞳も潤《うる》んでいる。ユリのように整った顔の女の子が泣くのは絵になると、その瞬間、素直に感動した。

「朋美はいつも淡々《たんたん》としていて、何事にもあまり夢中にならないじゃない。それって、やっぱりお父さんやお母さんのことが影響してるの？」

「小さい頃は勉強も精一杯頑張ってたけど、なんか、途中でどうでもよくなった。なんだ、私生児じゃん。意味ないじゃん、ってね」

「でもさ、朋美。私生児ってのは、言わなきゃ誰にもわかんないことでしょ。私みたいに明らかに名前を聞けば韓国人ってわかるのと違ってさ。だからあんまりそれに縛られることないよ」

「私生児ってだけじゃなくてね。母親がでしゃばりというか、目立ちたがりというか、自分の仕事が成功することに躍起になってるのも見苦しいって思っちゃうんだよ。ああなりたくないなあって。だから、ぜんぜんやる気出ないんだよね。深く考えたりもしたくないし」

「成功することを目指すのって見苦しいのかな」

「ユリのことじゃないよ。あくまでうちの母親の話だよ。あの人私を小さい頃からほったらかしにして仕事ばっかりしてたんだよ。私を置いてここパリに二週間も来たこともあるの。それなのに大好きだったたいとこと仲良くしていたのを引き離したりもした。娘の気持ちを犠牲にして自分だけ成り上がろうなんてさ、母親失格だよね」珍しく熱い口調になってしまった。さっちゃんとサイクリングに行ったことやレストランでの出来事が思い出され、涙がこみあげてくる。

「家族って面倒くさいよね。私も在日韓国人の家庭独特の鬱陶しさにときどきうんざりするよ。日本に暮らしてるのに韓国人はこうだああだ、韓国ではこうするとか、いちいちうるさいんだよね。親に口答えしようものなら、生意気だって大騒ぎになるしさあ。

ああいう親だからいばるっていう態度はどうなの、っていっつも思うよ。日本人の男の子と付き合っているのがばれて、父親から殴られたりもしたんだよ」

「そんなに厳しいの？」

「すごいんだよ。韓国は儒教の国だっていうけど、日本に住んでるのにそれって、ものすごく時代錯誤な感じ。うち、父親には敬語だもん。だからさ、家と外とが別世界なわけ。私が働くのにも反対してんだよ。女はさっさと嫁に行けって。しかも韓国人のところに嫁《とつ》げ、だもん。それっていまどきどうなのよ、って感じ」

「制約が多いんだね」

「そうなの。家では家でどっぷり韓国人って意識させられんの。そのせいか外では他人の何気ない言葉に韓国人であるがゆえに過剰に反応しちゃうっていう悪循環。もう、早く生まれ変わりたい。例えばパリジェンヌとかに」

　その晩は明け方近くまで話しこんだ。

　ユリに自分の心の奥を見せたのは、後にも先にもこの時だけだ。ユリがここまで在日韓国人であることの苦悩を赤裸々に語ったことも、これまでなかった。旅行という非日常が二人にそういう行動をとらせたのかもしれない。

　ユリは朋美の告白をとても親身になって聞いてくれたし、理解しようと努めてくれた。朋美もユリの話にじっくりと耳を傾けた。そして、ユリがかけがえのない親友であると思えた。それはほんの一瞬に過ぎなかったけれど。

自分とユリは、形は違えども自分の存在そのものに確固たる自信が持てないという点が同じだということを、朋美はようやくその時理解した。二人は、不条理な環境、生まれたときから決まっていた変えることのできない運命のようなものを持て余していたのだ。

しかし朋美とユリには決定的な違いがあった。朋美は社会の理不尽について関心がなかったが、ユリは世の中の不正義に敏感であった。そんなユリは、報道の仕事に就《つ》いて、将来ニュースキャスターになりたいと強く願っていた。

親友であると認めながらも、ユリと自分とはまったく違うと痛感した。自分にはなんの気概もないとつくづく思った。それにユリと自分では、容姿も実力もエネルギーにも雲泥《うんでい》の差があった。

母が会社を経営していたから経済的に困ることもなかったし、就きたい仕事も見つからず、あわてて進路を決める必要もなかった朋美は、就職せずに、アルバイトを始めるまではぶらぶらとしていた。自宅近くの都立中央図書館に毎日のように出向いて本を読んで時間を過ごした。

図書館の書棚に囲まれ、本の匂いに包まれていると、古書店を営んでいた祖父のことを思い出した。朋美は図書館という場所が好きだ。余計な雑音のない、白黒の思い出や、フィクションの世界にぴったり馴染む場所。

　芸能事務所に所属したユリは、時折朋美を食事に誘い、仕事に対する情熱と向上心を雄弁に語った。聴けば聴くほど自分自身のやる気がそがれるような気がして、ユリの熱量が鬱陶しくてたまらなかった。今後のビジョンを訊かれても、別に、とか、そのうち、などと気のない返答をすると、ユリは「朋美は気楽でいいなあ」とお決まりのセリフを吐くのだった。


　朋美はパリのエルメス本店で買ったスカーフを首に巻いて、鏡の前に立つ。

　ユリが選んでくれた柄《がら》は、白地に緑色の魚が大きくデザインされていた。なかなか個性的で、身につけていると素敵だね、似合うね、とよく褒められる。ユリは昔からずば抜けてセンスがよかった。だから一緒にバーゲンセールに行き、相談して買った服がクローゼットには何着もある。

　ユリの華やかな顔を思い浮かべる。

　彼女はいつでも朋美に心を開いて接してくれた。だけど朋美はめったに心を見せることは出来ずに、いつでも注意深く、「親友」を演じていた。

　ユリとの思い出を振り返ると、苦々しい思いが込み上げる一方、胸の中に温かいものが満ちてくる。

どうせ捨ててしまう手紙なのだし返事を書く気もないけれど、読んであげても損はないかもしれないという気持ちになってくる。少なくとも、ユリの方に悪意はまったくない。

朋美は、ユリからの封書をゴミ箱の中から取り出した。

ベッドに再び腰掛け、小さく深呼吸をしてから封を開け、便箋を広げる。

朋美。

元気にしてるかな。ひとりで悩んで苦しんでいないといいけど。

なにか力になれればと思って電話をかけたけれど、朋美は私のことを避けているみたいだね。

だから、こうして手紙を書いても、朋美には迷惑かもしれない。でも、私はどうしても朋美に伝えておきたいことがあるの。私のこれから書くことが朋美の助けになるかどうかはわからないし、そもそも、手紙を読んでもらえるかどうかも危ういよね。

朋美のお母さんが立候補したことは驚かなかったけれど、朋美のお父さんの噂には、本当に驚いたよ。そして、朋美に電話しちゃった。ちょっと軽率だったね、私。その後も何度かかけてしつこかったよね。ごめんね。

朋美がどんな気持ちでいるか、私には少しだけ想像できる。

私が初めて自分を韓国人だって意識したのは、幼稚園のときだったと思う。家ではチマチョゴリを着ることもあったし、韓国の年中行事もやってた。両親が子供に都合の悪いことを話すときは韓国語をしゃべっていた。それは自分にとっては当たり前の光景だった。

だけど集団生活になって、他人の家と自分の家がどうやら違うということにだんだん気付いてきたの。うちではスプーンをスカラって言ってたのね。ある日、幼稚園でお弁当の時持ってくるのを忘れたので、先生にスカラがない、って言ったら、ポカンとした顔をされて、全然通じなかった。そのことは私にとって衝撃だったんだよね。

小学校ではさらに「自分が日本人じゃない」ってことを意識させられた。そして、私はなるべく日本人のふりをして、韓国人ってことを必死に隠そうと振る舞ったの。

たぶん、私自身が韓国人である自分を認めたくなかったんだと思う。今でも、その気持ちは残っているかもしれない。

だからね、朋美が、お父さんのことを受け入れられない、受け入れたくないっていう気持ち、私にはすごく理解できる。

朋美は特に、私みたいに小さい頃からその環境を受け入れざるを得ない立場だったわけじゃないものね。

嫌だよね。きっと、お父さんやお母さんが憎いんじゃないかな。私も、韓国人であることで両親を憎んでたことがあるよ。朋美には言ってなかったけど、大学生のとき、「やっぱり韓国人と付き合うと血が汚れる」って、付き合ってた人から一方的に別れを告げられて、自殺未遂を起こしたこともあるんだ。それから私は恋愛にまったく夢を持っていないの。就職だって不利だったから、実力で勝負する世界に行こうと決めた。そして、いつか絶対にそいつを見返してやろうと思っているの。

朋美が私のことを避けたくなるのもわかる。ソン・ユリという在日韓国人三世の友人なんて、自分の出自を突きつけられるみたいだもんね。

もしかしたらだけど、朋美だって韓国人を見下していたのかもしれないよね。その見下していた民族と同じ血が自分の中に半分流れているなんて、耐えられないんじゃないかな。

朋美はすごく辛いはず。苦しいはず。

いつも朋美は感情が乱れることがなかった。それって、向き合わずに距離を置くことで保たれたんだと思う。それが朋美のバランスの取り方なんだよね。だから今も、目を背けるっていうことで、自分を保っているんじゃないかと想像してる。

朋美は、私に対しても壁があるような気がいつもしてた。仲も良かったし、親友って言ってもおかしくないけど、朋美は本心というか、心のうちを絶対に私に見せないよね。

一度だけ、パリで朋美がお母さんのことを話してくれたときは、朋美が私に心を開いてくれたって思えて嬉しかった。でも、あの時だけだと思う。

私は、今、朋美の心の叫びというか、辛いこと、苦しいことを言える人がいるかどうかが気になるよ。ひとりで抱え込まないでね。今度のことは、今までにないほど大きな出来事のはずだから。

少し時間が経ってからでもいいから、思いのたけを私にぶちまけてくれたら、と思っているの。

なにも解決できるわけでもないけど、聞くことだけはできるよ。

全部理解する、みたいな図々《ずうずう》しいことも言わないから。私がいつも朋美を気にかけているってことだけでも、わかっていてね。

読んでくれて、ありがとう。
また手紙を書くね。
私は仕事が順調になってきたよ。今度、大きな番組に出られるの。放送の日時を知らせるから、もしよかったら見てね。

孫　由梨

手紙を読み終え、便箋を封筒に戻した。そして首に巻いたエルメスのスカーフを外して、折りたたむ。立ち上がり、ユリからの封書をスカーフとともに段ボール箱の中にしまった。

2

朋美がひとり暮らしを始めたアパートは学芸大学駅から十五分の物件で、ここは、黒沢が住んでいる中目黒の二駅隣という立地に惹かれて決めた。黒沢は賃貸契約の保証人になってくれた。

狭いシングルベッドに、遊びに来たさっちゃんと並んで寝ていると、小学校の頃さっちゃんの布団の中で、一緒に大人の雑誌を盗み見したことが思い出される。

二人で天井を眺めながら遅くまで喋った。さっちゃんは朋美の父親の話題を避けるように、自分のことばかり話した。気遣ってあえてそうしているのだろうと思った。

短大を出て小さな証券会社に勤めるさっちゃんは、「背が高くて収入が高く学歴も高い男性」、つまり三高の男性を求めて精力的に合コンに励み、幾人かとの付き合いを経て、今の恋人に行き着いた。かれこれ一年ほど付き合っている。正念場で、結婚まであと少しなのだそうだ。

「やっぱりね、ともちゃん。思ったのは、結婚は安定した収入のある人がいいなってことだよ。だって、矢口の家はボロボロで、旗の台のマンションも窮屈だったし、今の戸越の家もすんごく狭くてさ。あたし、広い綺麗な家に住みたいっていっつも思ってた。三高が揃う人なんてなかなかいないじゃない。いても、あたし程度には手が届かないしさ。背が高くても貧乏、学歴がダメとか。そうするとね、背が高いとか見た目がいいっていうのは、どうでもいいんじゃないかなって思うようになったんだ。だから、背も低くてださいけど、いい大学出てて給料もいいから、今の彼と結婚したいなって思って。きっと浮気もしないだろうし。あとね、うちのお父さんと違ってお酒もあまり飲まないから、それもポイント高いし」

「でもいい人なんでしょ。さっちゃんを大事にしてくれるの？」

「彼、あたしにベタ惚《ぼ》れみたい。すごく優しいよ。それに、彼はいままで付き合ったどの男の人より、性格がいいの。あたしもそんな彼のこと、とても好きなんだ。けど問題はね、向こうの親。ちょっと反対されてんの」

「なんで？」

「なんかね、うちのお父さんがラーメン屋ってのがあっちの親には気に入らないんだって」

「それって、ひどくない？」

「だけど彼がなんとか押し切ってくれそうなんだ」

「そんなに好かれて求められるなんて、幸せだね、さっちゃん」

「あたしはさ、ともちゃんみたいに頭も良くないしさ。望みなんて、ただ平凡な幸せとちょっとだけいい暮らしがしたいっていうだけのことなんだよね。結婚して子供を産んで、いい奥さんになれればそれでいいの。これってそんなに贅沢なことじゃないよね？」

「贅沢なんかじゃないよ」

「ともちゃんにそう言われると嬉しいよ。ともちゃんはきっと普通の人と違うかっこいい人生を生きるんだろうね。清子おばさんみたいにさ。今だって、有名な出版社で働いてるなんて、すごいじゃん」

「普通の人と違う、か。だって私は、生まれた時から普通と違っていたから。普通っていうのがどういうことなのか、そもそもよくわかんないのかもしれないよ」

さっちゃんは黙ってしまった。横目で見たら、今にも泣き出しそうな顔をしている。気まずかったので、「ま、とにかく」と言葉を続けた。

「私もさっちゃんの結婚がうまくいくように応援してるからね」

「うん、頑張るよ」さっちゃんは、湊を一回する。

「ところでさ、前会ったとき、ともちゃん、気になる人がいるって言ってたじゃない。あの人とはどうなったの。ほら、東大出てるっていう人」

今年の初めに、甘ったるい恋愛映画を観た後入った銀座の喫茶店で、お互いの恋の話になり、さっちゃんは今の彼氏のことを、朋美は黒沢のことを話したのだった。

好きな人がいて時々食事をしていること。マスコミ関係の人で、本当はだいぶ歳上だけど少し歳上だと説明した。出身大学を訊かれたので、東大だと答えた。

「その人、彼女がいたのがわかったの」

「そうなのかあ。なんか訊いちゃってごめんね」

「いいんだよ、さっちゃん。もう二時過ぎてるから寝よう。明日は伊勢丹《いせたん》行くんだよね？」明るい調子で言った。

「ともちゃんに彼の誕生日プレゼント一緒に選んでもらいたいの」

さっちゃんは豪快なあくびをして、すぐに眠りについた。そういえば昔からとても寝つきがよかったことを思い出す。無防備に眠っている姿をよく見ると、コケティッシュな顔立ちだ。いつも表情が豊かで魅力的なさっちゃんが幸せになってくれることを心から望みつつ、しばらく寝顔を眺めていた。


美容外科の予約時間は午前十時だ。朋美はかなり早い時間から目が覚めて、しばらく寝返りを繰り返していたが、思いきってベッドから起き上がった。

トマトジュースと食パンの朝食を食べながら、姿見に映る自分の姿をぼんやりと眺める。

父によく似た一重瞼とはもうおさらばだ。

そう思うと、考えるのを避けていた父のことが気になって仕方なくなってくる。

父はいったい何者なのだろうか。

生きているのだろうか。

この先会うことがあったとしても、父を認めたくはない。

それなのに、抱かれた膝に座って見上げた父の顎にあった大きなほくろや、身体に染みついていた煙草の匂い、買ってきてくれたゴーフルの味までが思い出されて、じっとしていられないほど、胸の奥がざわついてくる。

六畳一間の部屋を行ったり来たりして、気持ちを紛らわせる。しかし、父のことは頭からなかなか離れない。シャワーを浴びることにし、狭いユニットバスで熱い湯を頭からかぶっても、父の残像が消えることはなかった。

早めに家を出て新橋に向かう。電車の中は通勤のサラリーマンで溢れていた。父と同じぐらいの世代の人もいる。

この中にひょっとして父がいるのではないか。

もしくは父を知っている人が。

朋美の頭にありえない想像が働く。さらに、もしかしたら父や父の知人が自分を見つけて声をかけてくるのではないかとまで妄想する。

そんなドラマティックな展開は絵空事に過ぎないとわかっていても、もしそういう場面が訪れたらどうしようといらぬ心配まで始めてしまう。

新橋で降り、キヨスクで朝刊を買い、汐留口近くのコーヒーショップに入って新聞を広げる。ここは、以前もひとりで入ったことのある店だった。

黒沢に会うまで朋美は、政治や社会問題に無関心だった。しかし、食事に連れて行ってもらうようになり、国際問題や政治のことなどを、わかりやすく彼の口から聞くと、それらの話は新鮮であった。黒沢によって社会に対する目を開かせてもらっているような気がした。

それからは自発的に新聞を読んだりニュース番組を見たりして、朋美も社会の動きに関心を持つようになった。

新聞の一面は、明日投票日の衆議院議員選挙の記事である。

「あの人は、確かに日本人じゃない。でも、工作員なんかじゃない。絶対に違う」

母が悲痛な面持ちで言ったのは、たった二週間前のことだ。

いっそのこと、母に父の正体を訊いてしまおうか。

いや、そんなことは絶対にするまい。父のことは知らないままでいい。優しかった記憶だけを心の奥に封じ込めておけばいいのだ。

目の前の冷めたコーヒーにミルクを入れ、スプーンで勢いよくかき混ぜる。コーヒーがカップの中で渦巻いているのを見て、迷っていた気持ちが固まっていく。

コーヒーに口をつけることなく立ち上がった。


受付に名前を告げると、予約時間より三十分も前だったが、問診に呼ばれた。

前回カウンセリングを担当してくれた先生が、鷹揚《おうよう》な笑顔を向ける。

「心の準備はできていますか」

朋美は目をつぶり、おぼろげな父の姿を記憶から呼び出し、顎のほくろを思い浮かべた。

胸が苦しくなってくる。

息を大きく吸って目を開ける。先生に向かって、はい、と答えて、すぐに、あの、と続けた。

「よく考えたんですけど、手術、今日はやめておきます」

3

家を出てから一ヶ月が経ち、アパート暮らしにも少しずつ慣れてきた。梅の花が散り、桜は五分咲きになっている。

ふぐを食べて以来の黒沢との食事は、新橋の中華料理店だった。

黒沢は、ひとり暮らしはどうかとか、食事はちゃんとしているかなどと尋ねた後、消費税の影響や政局について語ったが、父や母の話にはまったく触れなかった。

デザートの杏仁豆腐《あんにんどうふ》が出たが、黒沢はスプーンを持ったまま手をつけない。

「土曜日の夜、空いてるか？」目を合わさずに、ちょっと難しい顔で訊いてきた。

「大丈夫ですけど」

「川沿いで花見をしないか」

桜は今週末あたりが見頃だと予想されている。黒沢の住むマンション近くの目黒川沿いは桜の名所だ。

「綺麗でしょうね。ご一緒させてください」浮かれた声になってしまう。

「それで、実は、こないだ朋美も会った理香だけど、彼女が朋美と花見しながら、ゆっくり話がしたいって」

そう言って掌で頭髪をいじった。

黒沢をまっすぐに見据《みす》えた朋美は、おそらくきつい表情になってしまっている。だが、黒沢は気付かずに煙草に火を点けている。

「中目黒に、昨年花見をした店があるんだ。今年もそこに行くんだが、朋美も連れてきて欲しいって言うもんだから」煙草を一口吸う。

「私も理香さんとゆっくりお話ししてみたいです」

本当は話などしたくないので、憮然とした物言いになってしまう。それでも黒沢はまったく朋美の不機嫌を汲み取ることはない。煙草をふかしているだけだ。

「じゃあ、土曜日な。彼女も喜ぶよ。朋美と飲みたいみたいだから」

黒沢は杏仁豆腐にようやく手をつけた。

土曜日は少し肌寒かった。黒沢と二人で歩く目黒川沿いの道は、夜桜を愛《め》でる人びとでごった返していたが、それでも満開の桜は美しく、十分に風情があった。川面に映る花は幻想的ではかなげに見える。朋美は見事な桜並木を見上げ、このまま理香と会わずに二人だけで桜の花を眺めていたいと強く思った。

店は、大衆的な居酒屋だった。二階の座敷の奥、窓側の角に席が用意されていた。そこから大きな桜の木が目の前に見える。見事な古木の桜だ。

今年の桜は薄く桃色がかっている。窓から手を伸ばせば、花びらをつまめそうだ。

席に着いたが、理香はまだ来ていなかったので、胸をなでおろす。

今日のために、めいっぱいおしゃれをしてきた。花見ということなので、指に桜色のマニキュアを塗り、明るいフューシャピンクのニットのワンピース、その上に買ったばかりの真っ白なスプリングコートを羽織《はお》っている。首元には、悩んだ末、パリで買ったエルメスのスカーフを巻いてみた。

黒沢はジーンズと白いシャツの上にスウェードのジャケットという普段よりラフな服装で若々しく見える。だが、煙草を吸う間隔が短く、やたらに腕時計を気にしていて落ち着かない。そんな様子を目の前にして、気分が悪くなってくる。

注文もせずに会話もないまま、十分ほど経っただろうか。黒沢は急に腰を浮かすと、入口の方に向かって「こっちだ」と叫んだ。

朋美が振り向くと、理香が微笑みながらこちらに向かってきて、当然のように黒沢の隣に座った。笑顔が自信に満ちあふれている。

「ごめんなさいね、遅れちゃったわ。朋美ちゃん、こんばんは」

「こんばんは」

理香の顔から目をそらして、胸元あたりを見ながら答えた。

理香は、黒いレザーのジャケットとスカートに白いシルクの開襟《かいきん》ブラウスを合わせている。洗練されているだけでなく、スタイルも良い。前に会ったときには気づかなかったが、胸は細身の割に大きく、メリハリのある体つきだ。

「じゃあ、酒を注文するぞ」

黒沢は続けて、「おーい」と、店員を大きな声で呼び寄せた。

「朋美ちゃんは、浜田清子さんのお嬢さんなのよね」

その一言で、さらに打ちのめされた。黒沢はなんでも話しているらしい。理香の笑顔にかかれば、それも当然なのかもしれない。

完敗だった。触れられたくない話題も、理香のなめらかな声で発せられると、腹の立てようもない。

「黒沢さんったら、いくら娘みたいっていっても、朋美ちゃんをかわいがりすぎ。私、嫉妬深いの。だから、仲間に入れてもらおうって思って。よろしくね、乾杯しましょ」

理香の指は、透明に近いマニキュアが爪に薄く塗られ、年相応に節くれだっているのに、それがかえって艶《なま》めかしい。それに比べて自分の桜色の爪は、太い指とアンバランスで野暮ったく見えた。

着飾っている自分がさりげない装いの理香の前では、滑稽《こっけい》にさえ思えてくる。理香は、こんな見た目もどうということもない小娘に対して、嫉妬心を持つに値しないことを確認できたはずだ。

それでも理香が自分に嫉妬していたという事実は、朋美の自尊心をくすぐった。少なくとも黒沢にとって、朋美が娘みたいに可愛い存在であることには違いないのだ。きっとそれで自分は満足するべきなのだ。

三人で桜を愛でつつ冷酒を飲む。黒沢は打ち解けて話す二人を見て、上機嫌に目を細めた。

理香は気さくで気取ったところもなく、会話は楽しかった。自分の仕事の話にも触れ、朋美の仕事についても質問してきた。特になんのビジョンもなく暇つぶしのように出版社のアルバイトをしていると言うと、若いのにそんな働き方はもったいないから、もっと能力を発揮できる仕事をするべきだと説いた。そして、何かやりたい仕事があれば協力すると言った。

「具体的に思い浮かばないんです」

そう答えるしかない自分は惨《みじ》めだ。

お酒も進み理香とだいぶ気心も知れてきたし、話題も変えたかったので、朋美は酔いに任せてストレートな質問をぶつけてみた。

「黒沢さんと付き合ってどのくらいですか？」

「えっと、一年半ぐらいになるかしら」黒沢の方を向いて、ね、と確かめる。

「そんなになるか？」黒沢は煙草の煙を吐きながら答える。

「もう、やあね。忘れちゃってるの？　まったくねえ、いつもこんな調子よ」理香が唇を尖《とが》らせる。

「結婚しないんですか」

朋美の問いに対して、理香は真面目な顔になり、黙りこんだ。黒沢も表情を曇らせて煙草を吸っているだけで答えようとしない。

「朋美ちゃん」理香が、今までとはトーンの違う低い声で沈黙を破った。

「私も黒沢さんも、バツイチなのよね。お互い結婚には向かないって、一回目の結婚で悟《さと》っちゃったの。それに、ほら、もう私も黒沢さんも、おじさんとおばさんだから。今さら子供を産むわけでもないし。仕事もお互い忙しいし。こういう状態が一番いいって思ってるのよ」

「でも、一緒に暮らしたいって思わないんですか」

「それはないわね。私は多感な中学生の娘と一緒に住んでいるのよ。それぞれ、お互いの生活があるから。最近は黒沢さんにも、素敵なお嬢さんがいるわけだしね」

理香が黒沢と朋美を交互に見ながら、いたずらっぽく微笑む。黒沢はほんの少しだけ表情を緩めて小さく頷く。

「遅れてすみませーん。わあ、こっから桜綺麗に見えますね」

背後から聞き覚えのある声がした。

「いいの、いいの。ほら、座って」理香が朋美の隣をさし示す。

見上げると、なんとユリだった。ぎょっとして、人違いであることを願って目を凝らす。

「なんで朋美が」ユリも驚いた顔をしている。

「もしかして、すでにお知り合いなの？」

「中学から大学まで一緒でした」ユリが朋美を気にしながら理香に答えた。

「あら、そうだったの。私、ユリさんは朋美ちゃんと同じくらいの歳だし、朋美ちゃんのいいお友達になれるんじゃないかと思って、ぜひ紹介したかったの。おせっかいだったわね」

そのとおり、余計なお世話だ。朝鮮人の父親がいるからって、在日韓国人を紹介するなんて軽々しいこと、よくできるものだ。

朋美が黙っていると、ユリは席につくのをためらい、その場に立ったままでいた。

黒沢が、「座ったらどうだ」とユリに声をかけた。

「朋美、久しぶりだね」朋美の顔を窺うようにして腰を下ろす。

ユリの方を見ずに、うん、とだけ答えた。

それから、パリで買ったスカーフを急いで首から外し、バッグの中に突っ込む。

電話も無視し続け、手紙の返事も書いていないので、本人を目の前にすると、あまりにも気まずかった。

「ねえ、そういえば、ユリさん、この間のVだけど……」

理香が重苦しい空気を感じたのか、なにやら仕事の話を始めた。ユリもそれに答えて、専門的な単語を口にしている。

二人の話を聞いていると、居心地の悪さが増していった。

やけくそにお酒を飲むしかなさそうだと思い、日本酒の入ったグラスに手を伸ばす。

すると先に黒沢がグラスを持ちあげ、朋美を見つめて首を左右に振った。

「朋美、そろそろ送ってくよ」黒沢が席を立とうとする。

「あら、もう」理香が不満そうな声を出す。

「お前たち二人は、ゆっくりしてろ」

「そうお。じゃあ、ユリさん、飲みましょう。お酒追加するわね」

理香はあっさりと言うと、手を挙げて店員に合図した。

目の端にユリの視線を感じたが、絶対に目を合わさないようにして席を離れた。

黒沢と並んで桜並木を歩く。来る時と大違いで、たとえ横に黒沢がいても早くそこを立ち去りたい気分だった。

黒沢は無言で火の点いてない煙草をくわえていたが、山手通りに出るとタクシーを拾い、二千円を朋美に握らせてから車に乗せた。運転手に、「碑文谷《ひもんや》」と言い、ドアが閉まると路上から手を振る。

小さくなっていく黒沢の姿を車窓からいつまでも見ていたが、やがて前を向いてシートに身体を沈めた。

ちゃんとした仕事をしよう。とにかく、今のままではだめだ。

自分に言い聞かせ、そのためにどうすればいいのかを一生懸命考え始めたのだった。

第四章　ミアネ、クレド、サランへ　清子　一九六四年

1

「せっかく学校も休みだし、明日の開会式は、うちのテレビで観ない？」

学校帰りの山手線のなかで金田《かねだ》晴美《はるみ》に言われたけれど、浜田清子は、その誘いの意味がよくわからなかった。

「晴美の家で？」

「うちね、最近カラーテレビにしたの」晴美は得意げな表情になる。

「カラーテレビ？」清子は目を輝かせた。

日本で初めて開催されるオリンピック。その開会式をカラーテレビで観られる。

清子は、自分を幸運の持ち主だと思った。

晴美は、代々木にある美容学校の同級生だ。彼女の家にカラーテレビがあるということが、実は信じ難かった。確かに晴美は、清子よりもよっぽど洒落た服を持っているが、川崎の朝鮮人が多く住む地域に住んでいるのだから、そんなに裕福なはずはなかろうと

思い込んでいたのだ。

「羨《うらや》ましいな」

「うちの父親、いつのまにか、いろんなものを手に入れてくるの」晴美が顔を寄せて、小声で言った。

「そうなの？　すごい」

古本屋を営む生真面目な父の姿を思い浮かべる。父には晴美の父親のような才覚はないと思う。黙々と古い本を仕入れて一冊一冊大事そうに並べる。その姿からは、たくさん売って儲《もう》けようという、商売人としての基本的な欲すらなさそうに見える。

父は、ただ本を愛してやまないだけなのだろう。それでも家族四人暮らしていけるだけの稼ぎはあるし、こうして美容学校にまで通わせてもらっているのだから、カラーテレビなどという贅沢を言ってはいけないのだ。

しかし、父が右肩上がりの成長を続けるいまの時代にはそぐわない稀有《けう》な存在であることに、少なからず物足りなさを感じていた。自分は父のような器の小さい男ではなく、世の中に大きな足跡を残すような人物と一緒になりたいと夢見ているし、自分自身も、母のように家庭に入るのではなく、美容師として働きたいと思っている。

「それと、ね」晴美は、秘密を打ち明けるような素振りで、さらに小さな声で言った。

「清子と一緒の写真を兄にたまたま見られてね。こんな美人、会ったことがない、一目だけでも拝んでみたいから、うちに連れてこいってうるさくて」清子を上目遣いで見る。

そういうことかと、ちょっとがっかりした。清子の兄である健一の友達も清子を見たいと家に押しかけてきたことがある。だから、こうしたことには慣れているが、あまり気が進まない。

返事をせずに、窓の外に視線を向けた。

雨が車窓を強く叩きつけていた。こんな悪天候で、明日の開会式は果たして大丈夫だろうかと心配になる。

「やっぱり」晴美がやっと聞き取れるほど小さな声で呟く。

「朝鮮人のうちに行くのなんて、とんでもないって話よね」

「そんなことは関係ないよ」慌てて否定した。

「気にしないで。慣れてるから」

清子は、うつむく晴美の肩に手を置いた。

「やっぱり開会式は、カラーで観たい。だから、晴美の家に行ってもいい？」

「ほんとう？　ありがとう。日本人の友達がうちに来るのは、清子が初めて」

顔をあげた晴美は白い歯を見せて微笑んだ。

国鉄五反田駅で山手線を降り、晴美と別れた。東急池上《いけがみ》線に乗り換え、自宅最寄りの戸越銀座駅から商店街を歩く。雨足はますます激しさを増し、ところどころに大小の水たまりができている。

銀座や新宿をはじめとする繁華街は、オリンピックを迎え、すっかり綺麗に生まれ変わった。清子の通う美容学校のある代々木周辺も、開会式が開かれる国立競技場に近いため、環境が急速に整えられた。

しかし、戸越銀座の商店街は、いくつかの店が戦後のバラックからトタン、あるいは木造の建物へと変わった程度で、オリンピックがあるからといって急激な変化は見られない。ひしめきあう店舗に活気はあるが、道の片隅にゴミが捨ててあったり、通りにそってドブが流れていたりする。そんな見慣れた町並みを眺めながら、清子はいつも代々木との落差を感じ、自分の家を早く出たいと思うのだ。だが今は、母になんと言って明日家を出ようか、それればかりを考え、ぬかるむ道を足元だけを見つめ、傘をさして歩を進めた。

明日はおそらく家族全員が狭い居間の白黒テレビの前に身体を縮めて座り、東京オリンピックの開会式を見るはずだ。一世一代の大事な日。よっぽどの理由がない限り、外出はしにくい。しかも、朝鮮人の友達のところに行くなどと言おうものなら母から罵倒の言葉のひとつやふたつ浴びせられるに違いない。

母は日頃から、朝鮮人とは付き合うなと口にする。彼らは犬や猫どころか、家畜の豚にも劣るのだからと。そういう母を咎《とが》めないのだから、父も兄も同じように思っているに違いない。

清子としては、明るく闊達な晴美は自分となんら変わらないと思うし、家畜にも劣るという母の言い分には、強い反発を覚え、憤りに近い感情を持っている。だが、それを声高には言えない雰囲気が清子の家にはあった。いや、清子の家だけではない、そういう認識を多くの日本人が共有していた。美容学校でも、陰で晴美のことを罵《ののし》ったり、清子に、「あの子と仲良くしないほうがいい」とわざわざ忠告してきたりする生徒もいる。したがって清子は、親しくしている晴美が朝鮮人だということを、家族には伏せている。知り合って一年以上経つが、今まで家に晴美を呼んだこともない。

通りに立って、改めて自分の家を眺めた。木造モルタルの二階建てで、一階が店舗、二階が住居になっている。

溜息をひとつ吐いて傘を畳み、入口の引き戸を開けて中に入った。
積まれた本に埋もれるようにして健一が雑誌を読んでいた。店番を任されているらしい。清子と二つ違いの健一は、勤めていた五反田の食堂を先週くびになり、時間を持て余していた。

「ただいま」

健一は、清子の声に顔を上げることもなく、雑誌に視線を落としたまま、おうと答える。そのしまりのない顔を見ていると、自分の実の兄ではあるが、麻雀と酒が好きで甲斐性のない男とは、絶対に結婚したくないと思ってしまう。

「そうだ、清子。明日だけど」

「開会式のこと?」

「おう。その、開会式を観たいから和子《かずこ》が明日うちに来たいって言ってるんだ。ほら、あいつんとこ、テレビないだろ。弟も連れてきたいっていうんだけど、お母さんにお前からも頼んでくれないかな」

和子は、健一の付き合っている女だ。以前大井町《おおいまち》の食堂に健一が勤めていた時に知り合った。その食堂で皿洗いとして働いていたそうだが、和子の両親は空襲で亡くなったと聞いている。弟は酒屋で配達をしているらしい。健一は和子と結婚するつもりでいるようだが、母は彼女が中卒だからとあまり気に入ってはいない。

和子のぼんやりした顔を思い出す。なにより、あのいつも着ているよれよれの綿ブラウスと毛羽立ったウールのタイトスカートは見るに耐えない。後ろでひとつに結んだ髪の毛といい、冴えない、という言葉がぴったりの姿は清子だって気に食わない。健一とは似合いのカップルだと思うが、男女の出会いはもっと劇的なものじゃなきゃいけないと清子は信じている。父の店に置いてある外国の小説のような、身を焦《こ》がすほどの恋は、平凡な出会いや境遇からは決して始まらないのだ。

さらに、ただでさえ窮屈な居間に、清子一家に加え和子とその弟まで一緒にテレビの前で肩を寄せ合うのはまっぴらごめんである。したがってこの健一の頼みは、清子にとってまさに渡りに船でもあった。

「じゃあ、うちも狭いし、私は美容学校の友達のとこで開会式を観る。それなら和子さんたちが来ても大丈夫でしょう。お母さんにうまく言っとくから」

「清子、ありがとう、恩に着るよ」

健一はズボンのポケットから丸まった百円札を二枚出した。

「その友達のうちにバナナでも買っていきな」

健一はお札を清子に握らせた。

2

昨日の雨から一転、雲一つなく晴れ渡った空が広がっていた。

川崎《かわさき》市電の桜本《さくらもと》駅まで迎えにきた晴美は、水色の民族服を着ていた。ひっつめた髪には長めのかんざしがさしてある。短い上着に胸からの長いスカートという形のその服は、晴美の面長な作りの顔とすっきりとした目鼻立ちを際立たせ、高貴な印象さえ与えている。

目を見開いて見つめていると、晴美が「そんなに変？」とはにかんだ笑みを浮かべた。
「母親が、おめでたい日だから、チマチョゴリを着ろって」
「素敵だよ、晴美。ほんとによく似合うね」
「ありがとう」晴美が腕を組んできて、そのまま歩き出した。

住宅の密集した路地に入ると、晴美に声をかけるものも何人かいたが、朝鮮語なので、清子にはまったくわからなかった。晴美は、あの人は同級生、あれは遠い親戚などと説明した。

比較的新しく建てられたと思われる木造一軒家の前に立ち止まる。二階建てで、間口は清子の家の二倍くらいある。

晴美に促され、ハイヒールを脱いで、男物の革靴の横に並べた。

八畳ぐらいありそうな広めの居間に入ると、カラーテレビを前に、黒く丸いお膳が置いてあり、それを囲むようにして四人の男女が絨毯の上に直接座っていた。お膳の上には、見慣れない料理が並んでいる。黄色いお好み焼きのようなものや、鮮やかな赤い色の食べ物もある。酒を注いだコップもそれぞれの前に置かれていた。

カラーテレビに一番近い位置に民族服の中年の男女が並んでいる。おそらく晴美の両親だろう。その横に背広姿の大柄な若い男性二人が座っていた。

「アボジ《お父さん》、オモニ《お母さん》、仲良くしている清子を連れてきました」

みんながテレビから視線をこちらに向けた。

清子は、頭を下げて一礼する。

「よく来たね、アンタ」

オモニの抑揚は、標準語とは多少異なっていた。立ち上がって清子のそばに来たが、とても背が低い。清子は軽く会釈をして腰をかがめ、持参したバナナを渡した。

「アイゴー、気を遣って。高いのに」感慨深く言うと清子の腕をとった。めったに表情を変えない清子の母親と違って、感情表現が豊かだ。

「アンタ、ほんとに美人だ」清子の腕をさする。

「いえ、あの」

晴美もそうだが、親しげに身体に触れてくる。自分の家族とはそういう触れ合いがないので、戸惑ってしまう。

「さ、座んなさい」

アボジが、声をかけてきた。恰幅《かっぷく》が良く、白い民族服に黒いチョッキのようなものを着ている。

二人の男性のうち、細身な方が自分の横に隙間を作り、「こっち、こっちに」と指差した。

「やだ、オッパ《お兄ちゃん》ったら、鼻の下伸ばしちゃって」

「当たり前だろ、こんな綺麗な人なんだから」

答えた男性が晴美の兄のようである。優しそうで穏やかな雰囲気の人だった。

「清子、遠慮しないで座って」

晴美に言われ、右に晴美の兄、左に体軀のいい男性に挟まれる形で腰を下ろし、左側の男性に、「すみませんお邪魔して」と軽く頭を下げた。

「いえ」と答えて挨拶を返してきた男性の顎には、大きなほくろがある。たくましい体格に、引き締まった表情をしていた。一重瞼ながら、その目つきは鋭く、射貫《ぬ》くように清子を見る。目を合わせているのが苦しいくらいだ。

心臓の鼓動が速くなってくるのを感じ、男性から視線を外した。そして晴美の兄の方を向いた。

「清子さん、この人は杉原さん。うちに居候してるんだ。俺は、輝憲《てるのり》。よろしく」

輝憲が右手を差し出してきたので、握手をした。手を離し、続けて握手をしようと杉原の方を向いたが、彼はテレビ画面に視線をやっていて目が合わないので、握手をしようとした手を引っ込めた。バツが悪く、癪《しゃく》に障る。

「そろそろ始まります」低くかすれた声で杉原が呟いた。

「アボジ、まだ日本と国交がないというのに、韓国の選手が一番最初に日本に来たんですよ。馬術の選手団です。新聞に載ってました。だけど、ウリナラ《祖国》の同胞は、開会直前に帰ってしまったんですよ。やっぱり見たかったから、残念です」輝憲が首を横に振る。

「もともとは一つなんだ。戦争までしたし、朴正熙《ぼく・せいき》の政府はひどいもんだが、韓国の選手だって同胞なんだから、応援しよう。きっと同郷の慶尚南道の選手も沢山いるだろう」

アボジは、「朝鮮が、ウリナラが」と、さらに言葉を続ける。

「植民地だったことを考えると、堂々と日本に来て、国の代表として認められるなんて、誇らしいじゃないか」アボジがなんども頷いている。

それぞれが思いにふけっているようで、その後は誰も言葉を発しなかった。

清子は多少の息苦しさを感じつつ、テレビ画面を眺めていた。カラーの映像は、白黒とは雲泥の差があり、生き生きとして躍動感があり、引き込まれる。

カラーテレビの画面に、天皇陛下が着席する様子が映し出され、君が代が流れる。

みんなが動きを止め、緊迫した雰囲気になった。

杉原が画面を凝視している。晴美をはじめ、家族みんなも黙っていた。アボジが口を固く結んでいる。オモニが小さく溜息を吐いたようだが、聞こえるのはアナウンサーの声だけだ。

続いてオリンピック・マーチの演奏が始まり、場の緊張が若干和らいだ。国立競技場の赤茶けた土の上をギリシャの選手団が入場してくると、おお、だとか、やー、だとか、感嘆の声があがる。晴美一家はしばらく賑やかに話しながら、続く様々な国々の選手団を観ていた。

画面上に韓国の選手団の入場する様子が映った。

鮮やかな青いブレザーに赤いネクタイの男性選手団と、二本の白線が特徴的な襟のないジャケットを羽織った女性選手団は、全員が白い帽子を脱ぎ、胸に手を当てている。オモニが「アイゴー」と声を上げて泣き出した。アボジも涙を流している。晴美も頬を濡らし、隣の輝憲も袖で涙を拭う。しかし、杉原ひとりだけは、表情一つ変えず画面を睨《にら》むように見ていた。

ほかの国の選手団の映像がテレビに次々と流れると、涙も収まってきた。入場行進する参加国の話題で笑い声もあがり、場の雰囲気がようやく和む。

清子も緊張の糸をほぐした。しかしながらただひとり日本人の自分がこの場に交じっているのは、かなり気持ちが張り詰めることだった。いつもは、晴美が日本人のなかでいろんな思いを抱いて、傷ついたり、悲しんだり、苦しんだりしているのかもしれないと思うと、複雑な気持ちになってくる。

最後に日本の選手団が入場したが、晴美もその家族も、特になにも言わない。杉原は口数がそもそも少ないのだが、テレビ画面を見もせずに、酒を飲んでいた。清子は日本の選手団入場に晴れがましさを感じていたが、その思いは心の中だけにとどめ、表情には出さないように努めた。

開会式が進むとともに、居間は宴会の様を呈してきた。テレビ画面ではオリンピック委員会の委員長の挨拶や天皇陛下の開会宣言、続いてさまざまな催しが繰り広げられていたが、真剣に眺めていたのは、清子だけだった。

隣に座る輝憲にしきりに酒や料理を勧められたが、やんわりと断った。酒は飲めないし、もやしのあえものや豚足、唐辛子で漬けた白菜など、朝鮮半島の料理がほとんどで、食べたことのないものが多く、手を出しにくい。

聖火ランナーがトーチをかざして点火すると聖火が燃え上がり、続いて合唱や演奏が流れ、鳩が空に放たれた。その後にふたたび君が代が流れると、みんなは話を中断し、テレビ画面に意識を集中させた。緊迫した空気が蘇る。

航空自衛隊の飛行機が空を舞って五つの輪を描くと、アボジが、ほう、と言って、手を叩いた。ほかのみんなも歓声をあげ、拍手をし、俄然、場は賑やかになる。清子も釣られて手を叩く。けれども、杉原は表情の読み取れない顔で黙々と酒を飲んでいるだけだった。

「ウリナラでもオリンピックをする日が来るだろうか」アボジが天を仰ぐようにして言った。

「アボジ、統一して立派なオリンピックをする日がきっと来ますよ」輝憲が明るい調子で答える。

「ワタシ、生きているだろうか」オモニが頭を左右に振っている。

「アボジ、オモニ、必ず一緒にウリナラでオリンピックの開会式を観ましょう」晴美が母親の手を握った。

清子も気付くと目尻に涙が溜まっていた。下を向いて周りに悟られないようにさりげなく指で涙を拭ったとき、肘が杉原とぶつかり、目が合った。杉原は瞳の奥を覗《のぞ》き込むようにじっと清子のことを見つめていた。

手厚くもてなされて、晴美の家を出た。おみやげにと晴美の母親から風呂敷に包んだ料理を持たされた。

駅まで晴美が送ってくれる。来た道をお喋りしながら逆方向に歩く。

「なんか、清子に悪かったみたい。うちの家族の愛郷心に戸惑ったでしょ。それに朝鮮人は感情表現が大げさだから」

晴美が清子の顔色を窺っている。

「そんなことない。楽しかった。お兄さんもいい人ね」

「でも、杉原さんの隣に座らせちゃったから、それも気になって。あの人、無愛想でしよ。私や兄と違って、こっちで生まれたんじゃなくて、戦後、十六歳でたったひとり、韓国から海を渡って来た人なの。兄よりずいぶん年上だけど大学で一緒だったたんですって。いま、住むところがないからってうちにいるんだけど、普段からあまり喋らなくて」

「何をしている人なの？」清子も、ひとり纏《まと》う空気の異なる杉原のことが気になっていた。

「それがよくわかんないの。なんか政治に関係している活動をしているんだって兄は言うんだけど。うちの父親、韓国から来た人を同じ故郷だからっていままでも何人か住まわせてたの。だから得体の知れない人がいつもうちにいるっていう感じで」

「晴美のお父さん、器が大きい人なのね」

アボジは頼りがいがありそうなどっしりとした感じの人だった。

「同郷の人間を助けるのは普通のことみたい。いま羽振りがよくて、そうする余裕があるってことなのかもしれないけど」

「晴美は学校出たら、お父さんがお店を出してくれるんでしょ。うちの父なんか、ぜったいそんなこと無理よ」

背筋を丸め、ずれた眼鏡をかけて本を点検する自分の父親の姿が思い浮かぶ。

「朝鮮人はなかなか雇ってもらえないから。川崎で同胞相手に美容室やれってことよ」

「でも、自分の店ができるなんて羨ましいな」

「そうだね、そういう風に考えたら卑屈にならないね。ここだけの話、うちの父親の羽振りがいいのは、金貸しをやっているからなの。朝鮮人は銀行でお金が借りられないでしょ。だからたくさんの人が父のところに借りに来るの。生きていくための仕事だけど、なんか、金貸しっていうのも、卑しいような気がしちゃってね」

　清子は、なんと言葉を返していいかわからなかった。

「だけど、兄は大学を出てるから、今は父の仕事を手伝っていても、そのうちきっと胸を張れる仕事に就けると思う」

　そう言って晴美は顎を少し上げて、誇らしげに微笑んだ。

　晴美に別れを告げて電車を乗り継いだ。山手線車内で、中年の男性が眉をひそめて清子の持っている風呂敷包みを睨み、鼻をつまむ仕草をする。

包みからは、強烈なニンニク臭がただよっていた。オモニがくれた朝鮮の漬物が原因のようだ。器に入り風呂敷に包まれていても、きつい匂いが漏れてくる。

　五反田で電車を降りると、ホームの片隅の見えにくい場所に漬物を捨て置いた。居間が狭いので自分は川崎の友人の家で開会式を見ると告げて家を出ただけだったのに、朝鮮の漬物など持って帰ってはことが複雑になってしまう。

　自分が残した風呂敷包みを幾度も振り返りながら、その場所から離れた。そして、オモニの情の深そうな顔を思い浮かべると、胸に細かい切り傷を負ったような痛みを感じたのだった。

3

オリンピックの開催されている間、カラーテレビで競技を観たいと言っては、何度か川崎の桜本にある晴美の家に遊びに行った。晴美の家では積極的には日本チームを応援しないので、清子は日本の選手が出場する試合があってもあからさまに贔屓《ひいき》できずに、静かにテレビを観ていた。

オモニをはじめ、家族はいつも快く清子を歓待してくれた。晴美の父親は不在なことが多かったが、輝憲や杉原は家にいるときもあった。

輝憲は気さくに話しかけてくるが、杉原は清子に目もくれない感じで、それが自尊心の強い清子には耐え難く、かえって杉原のことが気になって仕方なくなった。家に帰っても、学校にいても、杉原の姿が頭から離れない。じっと見つめてきた一重瞼の目が忘れられない。顎のほくろがまぶたの奥に焼きついていた。

謎めいた雰囲気の杉原は、晴美によると、なにか、韓国の政府に抗する政治的な活動をしているということだった。その活動というものが、具体的にはどういうものなのか、晴美もよくわからないらしいし、清子にもまったく想像がつかなかったが、世の中、あるいは、国家というものに影響を及ぼすようなことかもしれないと考えると、清子の胸が躍るのだった。いままで、そんな大きな志を持った人物に出会ったことがなかった。そういう人間は、小説のなかだけにしか存在しないに違いないと半ば諦めの境地で決め付けていたが、現実に目の当たりにすると、震えるほどの興奮を覚える。

しかしながら、清子が杉原と会話をする機会を得ないまま、東京オリンピックは閉会してしまった。

いつでも遊びに来てくれて構わないのにと晴美は言ってくれたが、なんとなく遠慮して行かなかった。杉原に会いたいという思いも心の奥に閉じ込めて、通常の生活を営んだ。美容師になるべく学校に通い、家では家事を母と分担し、ときには店番も手伝った。

健一は横浜に新しい勤め先を見つけ、それを機に和子と所帯を持つことになり、身内だけの簡単な祝言をあげ、家を出て行った。母は諦めたのか、特に反対もしなかった。

一月も終わりの頃、学校帰りに五反田で池上線への乗り換え改札口を通ろうとしたら、清子さん、と背後から声をかけられた。

振り向くと、声の主は杉原だった。黒いコートで身を包み、目の前に立っている。思わず後ずさりした。

「なんで、ここに」声が上ずってしまう。

「あなたを待っていました」杉原は落ち着いている。

「どうしてですか」

「会いたかったからです」そう言って、清子をじっと見つめる。

胸が高鳴った。杉原の口からそんな言葉を聞くとは夢にも思っていなかった。嬉しさと驚きで、言葉がすぐに返せず、しばらく黙って見つめ合う。改札口を通りすぎる人と肩がぶつかった。

「行きましょう」

杉原が清子の肩をかばうようにして促《うなが》し、駅の外に出る。五反田の街を、肩を抱かれたまま歩いた。風は頬に冷たかったが、顔が火照《ほて》っていたので気持ち良い。

喫茶店に入り、席に落ち着くと、杉原は清子の瞳をとらえてもう一度、「会いたかったです」と言った。

「私もです」清子の声は震えてしまっている。胸がいっぱいで、こぼれそうな感情を抑えるのに精一杯だった。

杉原はなにも話さなかったし、清子も話せなかった。視線が絡み合う度に心臓が跳ね上がり、清子が目をそらす。その繰り返しだった。杉原の姿を見ているだけで胸の奥がぎゅっと締めつけられる。苦しくなってきて、胸に手を当てた。

「煙草の煙、苦しいですか?」

「いえ、大丈夫です」

答えると、杉原の目尻が下がり、かすかに微笑んでいるように見えた。さっきまでの人を拒むような鋭さと落差のある柔らかな表情に惹《ひ》きつけられる。

どれくらいの時間喫茶店に座っていたのだろう。多分、小一時間かそこらだ。会話はほとんどなかった。厳密に言うと、言葉を発しての会話は少なかった。だが、視線だけで、じゅうぶんに会話を交わしあった。

喫茶店を出て、並んで歩く。駅に戻る道すがら、杉原はずっと煙草を吸い続けていた。五反田駅の近くまで来て足を止める。別れ難くて、道の端で立ち止まったまま互いに見つめ合う。見ると、杉原の煙草が短くなっていた。それを吸い終わると、杉原がさよならと口にするのではないかと思うと、一緒にいる時間を少しでも引き延ばしたくなった。

「私にも一本ください」

清子が言うと、杉原は吸殻を下に落とし、靴で踏みつけた。そして、コートのポケットから箱を出して一本抜き、手渡してくれる。

煙草を吸うのは初めてだったが、見よう見まねで口に持っていき、杉原の点《つ》けたマッチの火を受けた。

しかし、うまく火は点かなかった。すると、杉原はマッチの火を吹き消し、煙草を奪って投げ捨てる。そして自由になった清子の唇に自分の唇を重ねると、体をぐいっと引き寄せて抱きしめた。

それからたびたび学校帰りに杉原と五反田で待ち合わせた。杉原と会っていることは、晴美にも誰にも黙っていた。誰かに話したらもう二度と会えなくなってしまうのではないか、そんな不安があった。彼と約束した日は走り出すような勢いで学校を飛び出し、一目散に五反田を目指した。

会いたくて、会いたくて、たまらないのに、会うと必ず言葉を失ってしまう。ただ喫茶店に座り、一時間ほど二人で煙草を吸う。杉原がどこから来て、どんなことをしているか、訊きたいことは山ほどあるのに、目の前にすると、なにもかもがどうでもよくなる。彼も質問してくることはめったになかった。

帰り際には抱き合って、唇を吸い、体温を確かめ合う。

初めて肌を合わせたのは、清子の卒業間近だった。杉原に抱きかかえられるようにして五反田の連れ込み宿に入った。

たくましい体に組み敷かれ、自分が杉原のものになるのだと思うと、初体験の痛みよりも、喜びと恍惚《こうこつ》の思いの方がまさった。清子は杉原に必死にしがみつきながら、「一緒に暮らしたい、結婚したい」と声に出していた。

杉原は果てる前に顔を歪めて、「ミアネ、クレド、サランへ」と、祖国の言葉を漏らした。

4

清子と杉原は、引き戸の前に立っていた。ガラス越しに父の姿が見えるが、こちらには気付いていない。

「先に私が父に言うから、ここで待っていて」

息を整えて店の中に入り、下を向いて書物を読んでいる父に、「お父さん」と声をかけた。

父は顔を上げると、ずれた眼鏡を手で直し「清子か」と言った。

「仕事は慣れたか」

美容学校を卒業後、銀座の美容室に見習いとして勤めて、ひと月あまりが過ぎたところだった。今日は定休日だ。

「なんとかやってるけれど」

答えると父は、そうか、と言って、また視線を下に向けた。

「実は紹介したい人がいて、連れてきたんだけど」

父は清子の言葉に反応して眉をひそめ、ガラス越しに店の外に目を向けた。背広を着た杉原が父に向かって会釈する。

「中に入ってもらいなさい」父は感情の抑制がきいた声で言うと、立ち上がり、階段を上っていった。

杉原を招き入れると、母が階段の上で待ち受けていた。

「びっくりするじゃないの。どういうことよ。お付き合いしている人がいることも知らなかったのに」

母は瞬時に、杉原の頭の上から足の先まで視線を走らせた。

「だから、今日、連れてきたの」

「そんな急に来られても」母はぶつぶつと言いながら、奥の台所に引っ込んでいった。

「さ、君、こっちに入って、座りなさい」父の声が居間から聞こえた。

杉原は、入口で深く頭を下げてから、居間に入った。清子もそのあとに続く。並んで畳に座り、卓袱台《ちゃぶだい》を挟んで父と向かい合った。

「粗茶ですけど」

母はお盆を持って居間に来ると、父と杉原の前に湯呑茶碗を置き、そのままお盆を脇に抱えて父の横に座った。機嫌がいいのは、杉原の堂々として見える外見を気に入っているからだろう。

「お父さん、お母さん、この人は杉原さん。私より十歳上で、友達の紹介で知り合ったの。おつきあいして三ヶ月ちょっとだけど、結婚したいと思っているの」

杉原がもう一度丁寧に頭を下げた。

「まあ、清子ったらいつの間にかこんな人と。しかも、結婚なんて」母が杉原に微笑みかけ、それで、と言葉を続ける。

「杉原さん、お仕事は何をされているの？」

「祖国を、韓国をよくするために働いてます」

杉原の答えを聞いて、母の顔色がさっと変わった。父は、眉間に深く皺を寄せている。

「あなた、朝鮮人なのね」母がヒステリックな声をあげた。

「はい」杉原はまったく動じることがなかった。

「じょ、冗談じゃないわ」母が席を立って、居間を出て行った。

「悪いが、娘との交際は認めるわけにはいかない。帰っていただけるかな」

父は下を向いたまま言った。穏やかな父にしては強い口調だった。

「お父さん、話ぐらい聞いてくれても」

清子は言ったが、父は首を横に振った。

「話す必要はない。ダメだ。絶対にダメだ。お前を苦労させたくない」

「お父さん、私はこの人が好きなの。一緒になりたいの」清子の声は泣き声に近かった。

だが、父は席を立って居間を出て行った。杉原のことを一瞥《いちべつ》すらしなかった。

父の出て行った方を見ていると、清子の肩に杉原が手を載せ、「今日は帰る」と立ち上がった。

清子が「でも」とぐずぐずしていると、杉原は「無理だ」と頭を強く振った。とても険《けわ》しい表情だった。

清子も仕方なく立ち上がり、杉原と一緒に階段を下りて店の外に出た。

「本当にごめんなさい」杉原の手を握った。

「早く帰ってちょうだいっ。清子、その手を放しなさい。汚らわしいっ」

金切り声がして見上げると、母が二階の居間の窓から杉原に向かって塩をまいている。

隣にいた清子にもそれはふりかかった。

「ひどい」清子の唇が震えた。

「とにかく今日はこのまま帰る」

杉原は清子の手を振りほどいて、帰っていった。清子は杉原の背中が見えなくなるまで見送ったが、一度もこちらを振り返らなかった。早足で去っていくその背中に、抑えている怒りが感じ取れた。

清子は家に戻ってボストンバッグを押入れから取り出し、荷物を詰め始める。

「なにしてるの」母の声だ。

「出て行くのよ」手を休めずに答えた。振り向くのも嫌だった。

「あんたには期待してたの。綺麗な顔に産んであげたし、美容師にもさせた。だからいい相手が見つかると思ってた。あんた、私に恨みでもあるの。なんで、普通の日本人じゃないの。よりによって……」

清子は手にしていた服をバッグに突っ込んで、ファスナーを閉めてから振り向いた。

「なに人とか、関係ない。私は好きな人と一緒になる。あの人は、立派な人よ。祖国の人たちや世の中をよくするために働いているの」

「あんた、なに寝ぼけたこと言ってんの。あんたと韓国になんの関係があるの。なにが立派なの」

「お母さんはがっかりするかもしれないけど、私が一番仲いい友達も朝鮮人よ。すごくいい子。その子の家族だって、とてもあったかい人たち。人間としてどうかって言ったら、お母さんより彼らの方がよっぽど上」

「なんですって」

母が清子の頬をはたいた。

清子は頬に手を当てると、目の前で鬼のような形相をしている母に対して無理やり笑顔を作った。

がっていた。

「さようなら、お母さん。いままでありがとう」

立ちすくんでいる母の横を通りすぎて部屋を出ると、今度は階段の前に父が立ちふさがっていた。

「お前を行かせるわけにはいかない」いつもとは明らかに違う悲愴《ひそう》な面持ちだ。

清子は踵《きびす》を返して居間に向かい、ボストンバッグをかかえ、窓の外に出た。屋根づたいに軒に降り、地面に飛び降りる。着地するときに足に痛みを感じたが、そのまま走った。母が清子、清子と叫ぶ声が背中ごしに聞こえてくるが、必死にその声から逃げた。

商店街を走り、同級生の寛子《ひろこ》の家が営む雑貨店に駆け込む。彼女は中学を卒業してから進学せずに店を手伝っていた。

「なにがあったの、清子ちゃん」

寛子は、ストッキングが破れ、靴も履いてない清子の姿に目を丸くしている。

「事情を訊かずに、タクシーを呼んで欲しいの」

荒い息を吐く清子の様子が切実だったからか、寛子はすぐに電話をかけてくれた。そして、「返さなくていいから」と靴も貸してくれた。

タクシーは第二京浜を走っている。

とりあえず晴美のところに行こうと思っていた。晴美には杉原と交際していることを打ち明けていないが、杉原が晴美の家に居候しているので、行く宛はそこしかない。晴美はセメント通りの一角に父親が開いた美容室で働いているが、今日は定休日のはずだ。

清子は痛めた足首をさすりながら、両親とのやりとりを思い返す。

父も母も杉原を受け入れてくれなかった。おおかた予想していたことではあったが、母はともかく父に対しては、話せばわかってくれるのではないかという薄い望みも持っていた。

朝鮮人や韓国人であること。それは生まれ落ちた宿命でしかなく、本人に責任があるわけではない。それなのに、そのことでなぜ差別を受けなくてはならないのか。拒絶されなければならないのか。

いまや日本は、オリンピックを開催した国。高速道路ができて、新幹線が走る国なのだから、そこに住む人間だって進んだ考え方、つまり、平等な意識を持つべきだ。多くの日本人が憧れるアメリカでは、ついこの間キング牧師がノーベル賞をもらったではないか。

清子は、これからは人が人を測る観点も変わっていく、変えていかなくてはならないと強く思う。両親のような差別的な考え方を、自分は認めるわけにはいかないと思うのだ。

父は清子に「苦労させたくない」と言ったけれど、杉原と一緒にいられるならばどんな苦労も乗り越えられるという自信が清子にはあった。

自分の行動は間違っていない。間違っているのは両親の方だ。社会の方だ。

清子はタクシーの後部座席で、自分にそう言い聞かせた。

見覚えのある町並みに入ったところで道を指示して、晴美の家のすぐ前に車を停めてもらった。しかし、降りる段になって、料金が高くて驚愕《きょうがく》する。焦って財布のなかを探るが、手持ちの金額ではとうてい足りなかった。

「すみません、ここで待っていてもらえますか。すぐに払いますから」

タクシーを降りて玄関の引き戸を叩く。

「晴美、晴美」大声で呼ぶと、すぐに足音がして、戸が開いた。

「清子。急にどうしたの？　その荷物は？」

「家を出てきたの。それで、それで、お金を貸してくれない？　タクシー代。外に……」

力が抜けて、その場に座り込んでしまった。

「とにかく中に入って」

晴美が近寄ってきて、体を支え、立たせてくれた。やはり奥から出てきたオモニが、アイゴーとそばに来て、清子の背中をさする。

「オモニ、タクシーにお金を払ってきてもらえますか」

晴美が言うと、オモニが頷いた。

居間に連れて行かれ、お膳の前に座らされるときに、「痛いっ」と声が出てしまった。

「怪我してるの？」

「足首をくじいてしまったの。軒から飛び降りるときに」

晴美が呆れた顔になって、薬箱を持ってきた。

「一体何があったの」足首に湿布を貼ってくれる。

「実はね」清子の頰に涙が一粒こぼれ落ちた。

デートを重ね、お互いに思いが高じて離れ難くなり、今日、両親のところに結婚の許可を貰いに行ったことを説明した。いつの間にかオモニも晴美の横に座って清子の話を聞いている。

「大反対されて、両親と大喧嘩になって、家を飛び出してきたの。それで、ここに。杉原さんもいるし、ほかに行くところが見当たらなくて」

二人は黙って聞いていた。清子が話し終わるとオモニは、「ここにいればいい」と言ってくれた。

「杉原さんももうすぐ帰ってくるだろうけど、その前に、清子に訊いておきたい」晴美が厳しい顔になる。

「清子は杉原さんのこと、どれくらい知っているの？」

「故郷の慶尚南道《けいしょうなんどう》からひとりで日本に来て、苦労してさまざまな職を転々としたって言ってた。大学の夜間部を出て、いまは政治の運動を頑張ってる」

杉原が自らぽつぽつと話してくれた情報をつなぎ合わせて答えた。抱かれながら聞いた「女を本気で好きになったのは清子が初めてだ」という言葉が決心を固めてくれたのだが、思い返すたびに、胸が熱くなる。

「あの人、確かに私たちと同じ故郷の人よ。だけど、ほとんど自分のことは喋らないし、実年齢より上に装っているみたいなの。兄がこっそり教えてくれた。私たちも、本当は何者かよくわからないの。だから、清子……」

「晴美、そんなこと言うんじゃない」オモニが言葉を遮《さえぎ》った。

「杉原さんはいい人だ。一緒に暮らしてるから、私にはわかる。なにか事情があるんだ。アボジはおかしな人を家に置いたりしない」

「でもね、オモニ。たとえいい人だったとしたって、清子は日本人よ。朝鮮人と結婚して幸せになれるのかしら。オモニもアボジも、私やオッパに、日本人との結婚はダメだ、って言うじゃないの。杉原さんはいいわよ、親きょうだいとも離れてしがらみもない。たったひとりで国を出てきたんだから、日本人と一緒になったって困ることはないかもしれない。むしろ助かることの方が多いんじゃないかしら。だけどね、私は親友だから、清子のことが大好きだから、心配なのよ。せっかく日本人に生まれて、こんなに美しい人が、わざわざ辛い思いをすることなんてないのに。私と違って、いくらでも日本人のいい人と出会えるのに……」

その時玄関の引き戸を開く音がして、タニョワッスムニダ《ただいま帰りました》と声が聞こえ、晴美はそこで黙ってしまった。

足音が近づき、杉原が居間に現れた。一瞬驚いたようだったが、すぐに事情を理解したのか、真剣な面持ちになって清子のとなりに腰を下ろした。そして、オモニに向かって絨毯につくぐらい頭を下げ、朝鮮語でなにかを言った。清子、という単語だけが聞き取れた。

「清子をここにおいてくれるように、お父さんにお願いしてくださいって言ってる」

晴美が耳元で囁いた。

5

アボジの許可を得て、晴美の家で暮らし始めた。彼らは清子を温かく迎えてくれた。

「清子さんみたいな美人とつきあえるなんて、さすが杉原さんだ」

輝憲はしきりに感心していた。

杉原は突然何日も帰ってこなくなることがあったが、晴美一家と一緒なので、寂しいということはなかった。具体的にどんな仕事をしているかよくわからなかったが、そばにいるときは、清子のことを大切にしてくれていた。

銀座の美容室を辞め、晴美の川崎の美容室を手伝った。ひとりで切り盛りしていた晴美は、「清子が来てくれて助かった」と言ってくれている。わずかばかりではあったが、給与もくれた。

オモニの作る香辛料の強い朝鮮料理も最初こそは口にあわなかったけれど、すっかり慣れた頃には、家を出てから半年以上が経っていた。

まったく連絡もとっていなかったからどこにいるかわからないはずなのに、暮れも押し迫ったある日、川崎の美容室に兄の健一が突然訪ねてきた。

清子は休憩をもらって近くの喫茶店に入った。

「お父さんに頼まれて、ずいぶん捜したんだ。代々木の美容学校にも行ったし、お前の友達にもいろいろ訊いて回った」

「別に捜してくれなくても構わないのに」

清子は煙草に火を点けた。一口吸うが、まずく感じてすぐに灰皿で消した。

「お前、煙草吸うのか。しかも洋モクか」

「兄さんもどうぞ」そう言って、箱を差し出した。

「いや、俺は自分のがあるから」健一はズボンのポケットからショートホープを出す。

「和子さんは元気?」

「ああ、いま、子供が腹にいるけど、元気だよ。俺ら、いま、戸越に住まわせてもらってるんだ。俺がまた仕事くびになっちゃったからさ」

「兄さん、父親になるのね」

そっと自分のお腹に手を当てる。清子も身ごもっていたが、目の前の健一には言えなかった。

気づいたのは二週間ほど前だ。生理が遅れていた上に、体調が悪く、煙草も美味しくない。明らかに妊娠している兆候だったので、ひとりで病院に行って確かめたが、杉原にさえまだ言っていなかった。

「父親になるってのに、しょうもないよな、いつまでたっても。ま、俺のことはいいんだ。清子、顔色わるいけど、幸せなのか？」

清子は、黙って頷いた。

「それならよかった。心配してたんだ」

健一は、「そうだ、これ」と、煙草の入っていた方と逆側のポケットから裸のままの札束を取り出した。

「お父さんからだよ。俺からも少しだけど」

「いらない。お金には困ってないから」

「お母さんは意地を張って平気なふりしてるけど、お前が出て行ったこと、相当こたえてるみたいだ。ますます性格がきつくなって、和子もいじめられてるよ。ま、お母さんはともかく、お父さんは、いつでも辛くなったら帰ってこいって伝えろって。それと、この金はなにかあった時のためにとっておけって」

健一は、「じゃあな」と言うと立ち上がり、注文したコーヒーにほとんど手をつけずに喫茶店を出て行った。

机の上に残された古い紙幣の束を手にすると五百円札と千円札が混じっていた。くびになって苦しいはずの健一とこつこつと本を売った父のお金だと思うと、涙が滲《にじ》んできて、うまく数えられなかった。

清子は子供を産んで良いのか迷っていた。きちんとした形で結婚しているわけではない杉原の子供を産む勇気がなかった。さらに、産後は晴美の家の世話になるわけにはいかないし、美容室で働くこともできないだろうと思った。杉原にほとんど稼ぎがないことは、この半年、一緒に暮らしてみてわかった。そうすると、清子が仕事を辞めて子供を産み、育てていくということ自体が不可能ではないかと思われた。

黙って芽生えたばかりの命を葬ってしまおうかと考える。このお金があれば堕胎できる。

清子は、紙幣を握りしめて、席を立った。

店に帰り仕事に戻ったが、次第に気分が悪くなってきた。お腹が空き過ぎたからかもしれない。そういえば昼も食欲がなかったので、ほとんど食べていなかった。

パーマネント液の匂いがたまらなく辛い。吐き気を覚えて、うっと、うずくまる。

こんなに激しいつわりは初めてだった。

堕胎しようと思ったせいでお腹の子供が存在を主張したのだろうか。

「どうしたの、清子、大丈夫？」

様子に気づいた晴美がそばに来たが、振り払って流しに駆け寄り、嘔吐《おうと》した。ほとんどが胃液だった。

「子供ができたんでしょ」

背中をさすってくれながら、晴美が言った。清子は鼻水と涙を垂らしながら、こくんと頷いた。


その日の夜、清子と杉原は、アボジの前に座らされた。周りで家族が見守っている。

「杉原君、清子さんに子供ができた。だから、きちんと結婚しなさい。届けも出して」

アボジが言うと、杉原は清子の方を向いて「本当か」と訊いた。

頷くと、杉原は喜ぶでもなく、かといって困ったふうでもない、複雑な表情を見せた。

そして、目をつぶって考え込む。

清子は晴美に妊娠の事実を打ち明け、杉原にはまだ告げていないことも話した。それを晴美が父親に伝え、このような状況になっている。

杉原は、意を決するように一度頷くと、目を開けた。

「今まで黙ってましたが、皆さんを信用して話します。私は、密航で来たんです。だから、届けを出すことができないんです」

杉原の述べた事実に驚いて、自然と口が開いてしまった。みんなも、息を呑んだり、溜息を吐《つ》いたりしている。

「清子のことは大切に思っています。子供ができたことも、嬉しい」そう言って杉原は清子の手を力強く握った。

「それなら、けじめとして結婚式だけはやろう。うちでやればいい。杉原君も清子さんも私の子供と同じ。だから生まれる子供は金《キン》家の孫だ。初孫だな。だから清子さん、生まれてもうちにいればいい。みんなで育てればいいじゃないか」

アボジの言葉を受けて、輝憲が「俺、おじさんになるのか」と感慨深く呟いた。

「そうよ、清子だってここにいれば生まれたあとも美容師を続けられる。その間子供の面倒はオモニが見てくれるわよ」晴美は、ね、とオモニを見た。

「輝憲も晴美も結婚しないから、ワタシは孫の世話ができないと思ってた。だから、よかったよ」

オモニはにこにこして答えた。

「カムサハムニダ《ありがとうございます》」

杉原が正座したまま、頭を下げる。清子も杉原に倣《なら》って、深く頭を下げた。

お腹が大きくならないうちにと、二週間後に晴美の家で、朝鮮式の花嫁衣装を着て結婚式と簡単な披露宴を行った。晴美の一家と一緒に写真も撮った。宴には近所の人たちや美容室のお客さんたちも集まってくれた。

清子は両親にも兄の健一にも知らせなかった。子供を産むと決めた時点で、もう縁を切る覚悟ができていた。振り返らず、前を向いて進んでいくしかないと心に決めたのだ。

正式ではないにしても杉原と夫婦になれたことは感無量だったが、なにか運命という大きなものに自分が流され、どこに向かっているのか予測がつかなくて、そこはかとない不安も感じる。

それでも日々の暮らしに忙殺され、普段は不安どころか、幸福であるかどうかも考えることなく毎日は過ぎていった。

翌年の八月に、清子は杉原にそっくりな女の子を出産した。産婆さんも驚く程安産だった。

自分の赤ちゃんは愛《いと》おしく、いくら見つめていても飽きない。この子を葬ろうと思っていたなんてどうかしていたと反省した。

この子のためなら、どんなことも乗り越えられると思う。

杉原は生まれたばかりの娘を初めて抱くと、しばらくじっと見つめていた。そして、ミアネ、クレド、サランへ、と呟いて、娘に頬ずりをして、出かけていった。

オモニが食事を持ってきてくれた。「おっぱいがよく出るから」と、わかめスープが添えられていた。朝鮮半島では産後にわかめスープを食べるのが常識なのだそうだ。

「ちょっと朝鮮語の意味を教えて欲しいんですけど」

晴美の家庭では家族同士も日本語で会話することが多かったが、たまに朝鮮語が混じっていた。

「ミアネ、ってどういう意味ですか」

「それはよく使うけど、ごめんとか、すまないって意味、だね」

「ごめん、ですか」

意外だった。

「そのあとに、クレド、サランへ、って言うと、どんな意味になりますか？」

清子が訊くと、オモニは顔をほころばした。

「杉原さんに言われたのか？　それはね、『だけど、愛してる』ってことだよ」

清子は頬を赤らめた。

「杉原さんは、あんたのこと、ほんとに大事なんだね。籍を入れられなくてすまない、って思ってるんだろうね。ごめん、だけど、愛してる。愛したばかりに苦労させて申し訳ないって考えているのかもしれないよ」

「ごめん、だけど、愛してる」

胸のうちで何度もくり返し、言葉を嚙み締めていると、オモニは「また後で器を取りに来るよ」と言って部屋を出て行った。

しばらくは寝たり起きたりしながら、赤ちゃんに授乳をする日が続いた。幾晩か悩んで名前を考えてくれたのは、アボジだった。

朋美《ともみ》。

朋は、対等に肩を並べる友達、あるいは仲間、という意味がある。つまり、朝鮮と日本の将来に祈りを込めているのだとアボジは言う。美は、晴美の家、金家の女性に使っている漢字なので、金家の身内として、という思いが込められている。

清子も杉原も、朋美、という名前が気に入った。

杉原は朋美を抱きながら、「二つの月で朋」と言ったのち、「清子、もしも」と布団の上に寝ている清子の方を向いた。

「それぞれが別々のところで月を見ていたとしても、俺たちは朋美がいることで繋がっている」

「別々なんて言わないで」

清子は起き上がって杉原に腕を絡める。そして朋美の寝顔を覗き込んで、「私、幸せよ」と言った。

6

杉原は相変わらず、何日も、長いときは一ヶ月以上音沙汰がないこともあったが、帰ると朋美をずっと腕に抱いて慈しんだ。

朋美は順調に成長し、一歳になろうとしていた。朝鮮半島では一歳の誕生日を盛大にするからと、オモニが張り切っていた。朋美はよく食べよく寝るふっくらとした健康優良児で、顔だけでなく体格も杉原に似たのか、標準よりも大きかった。

朋美はまるでお姫様のようだった。いつも誰かの膝の上におり、晴美の家族に庇護《ひご》され、愛されていた。だから、杉原が不在でも心細いことはなく、清子は心おきなく美容室で働いた。

その日は杉原もいて、全員が夕飯の食卓に顔をそろえていた。西瓜《すいか》を一個まるまる美容室のお客さんからもらって、食後に切り分けて出した。アボジの膝の上で、朋美が細かく切った西瓜を手づかみで食べていた。

「みんなに、話がある」アボジの表情は硬かった。

いつもと様子が違うので、誰も言葉を返さない。

「ウリナラ《祖国》に行こうと思う。家族みんなで」アボジは言ってから大きく息を吸った。

輝憲が唾を飲み込んだのがわかった。晴美は瞬きを繰り返す。オモニはあらかじめ知っていたのか、表情もなくうつむいているだけだ。家長が決めたこの話は、すでに決定事項で、覆されることはないということをみんなが了解していた。

「あっちに行くのは、私は反対です」

それまで、腕を組んで押し黙っていた杉原が口をはさんだ。

「もうどうしようもなくてな。家も美容室も人手に渡る。かなりの金をだまし取られ、首をくるしかないかとも考えたが、死んだらおしまいだからな。せめて残りの人生はウリナラで過ごしたいんだ。統一したら故郷にも帰れるだろう」

最近はアボジの仕事がうまくいっていないことは、なんとなく雰囲気から感じ取っていた。

「こっちでなんとかやり直せませんか」

杉原が食い下がるが、アボジは首を振った。

「心機一転、向こうで人生を新しくやり直すつもりだ」

「全員で行かなくても」

「今まで、金儲けばかりしてきたけど、これからはウリナラのために尽くしたい思いもある。少なくとも輝憲や晴美は貢献できるだろう」

「でも……あっちに行っても決して……」

杉原はそれ以上言葉を続けなかった。

「杉原君と清子さん、ずっと一緒にいてあげられなくてすまない。朋美とも別れるのはつらいが、仕方ない」

アボジは朋美の頭を愛おしそうに撫でた。清子は、胸が張り裂けそうな思いに苛《さいな》まれた。帰国事業で多くの在日同胞が北朝鮮に渡って行っているのは清子も知っていた。美容室のお客さんの家族にもそういう人がいたし、セメント通りの店を畳んで一家で北朝鮮に行ったという話も耳にしていた。晴美の遠い親戚も昨年行ったばかりだ。だが、まさか晴美一家が北朝鮮に行くことになるとは思わなかった。

ショックだ。信じたくない。

今、この一家がいなくなったら、どうやって生きていけというのだ。

「みなさんと別れたくありません」

気付くと、叫ぶようにそう言っていた。杉原が組んだ腕をほどいて、清子の膝を軽く叩く。

「私だって……」晴美が涙を堪《こら》えている。

輝憲は、途方にくれたように、深くうなだれていた。

「せめて見送りさせてください」杉原が静かに言った。


一家が北朝鮮に行くことが決まってからは慌ただしい日々だった。美容室は居抜きで売却され、家も買い手が決まった。家族それぞれが、持っていく荷物、売り払うもの、捨てていくものと、仕分けに忙しかった。

一週間後、新潟港から出港する船に乗る晴美一家と一緒に、新潟の晴美の親戚宅に泊まった。一家は出発四日前に新潟赤十字センターで手続きなどをする予定になっている。最後まで一緒にいたくて、ここまで見送りに来たのだ。

新潟は東京よりもうんと寒かった。北朝鮮はもっと寒いのかと思うと晴美一家が心配になる。

杉原と晴美一家は、居間で親戚とともに昼間から酒を飲んでいる。清子は二階の和室に布団を敷いて、昼寝をする朋美に添い寝していた。

来客があったようで、騒がしい。ちょうど玄関の上にある部屋なので、よく聞こえる。

杉原と話している人物の声に聞き覚えがあった。

「きよこー」

叫んでいるのは父だ。間違いない。

布団を飛び出して、階段を下り、玄関に行くと、父が切羽詰った表情で立っていた。

「迎えに来た。行っちゃいけない、行くな」

清子の手を引っ張って、玄関から外に引きずり出した。

「お父さん、落ち着いてください」

杉原が、父の腕をつかんで、清子の手を放させようとした。

「さわるな」

父が杉原の手を振り払う勢いで清子の手を放したので、清子はその場で尻餅をついた。

父は、足元にあった小石を拾い、杉原に投げた。肩に小石が命中したが、杉原はよけることもせずに、父のことを苦しそうな顔で見ていた。

父がもう一度石を拾って投げつけた。今度は、少し大きめの石で、胸元のあたりに当たって、杉原がよろめく。

「貴様《きさま》のせいだ。貴様さえいなければ、貴様さえ」

父は、石を拾っては杉原に投げつけた。そのうち、拳大の大きさの一発が、杉原の左目の上に命中した。杉原はまぶたを押さえて、うずくまる。

父は動揺したのか、その後続けて投げた石は当たらなかった。

「お父さん、どうして」

「お前の様子を見に川崎に行ってみたんだ。誰もいなかったから、近所中に訊きまわって、ここにいることを教えてもらった。清子、子供がいるんだってな。わかったよ、わかった。この男と一緒になったことは諦める。だから、お願いだ。日本にいてくれ」

「清子さんは、行きません。お父さんの勘違いですよ。私たちを見送りに来ただけです」

声に振り返るとアボジだった。その後ろに晴美一家も顔を揃えている。

杉原のまぶたの上の傷口から、かなりの量の血が出ていて、頰、首筋をつたい、着ている白いシャツが赤く染まっていた。

杉原と相談し、朋美を連れて父と一緒に東京に戻ることにした。杉原はどうしても晴美一家を見送りたいと言ったので、出港まで残ることになった。

晴美一家と清子、そして杉原と朋美は玄関に集まった。

寝起きの朋美はアボジのもとに行くと、当然のように抱っこをせがみ、甘え始めた。晴美はすすり泣いている。

清子は晴美と抱き合った。そして、泣くのを堪えている輝憲と堅く握手を交わし、アイゴーと涙を流して自分の胸を拳で打ちつけているオモニの小さな身体を包むようにして抱いた。最後に、アボジから朋美を受け取って、頭を深く下げた。杉原に目で合図して、玄関を出る。

外で待っていた父は初めて朋美と対面した。父が懐から絵本を取り出して渡すと、朋美は不思議そうな顔で父を見つめ、絵本を受け取った。

7

清子と杉原、朋美の親子三人で桜本のアパートに暮らし始めた。しかし杉原は以前にも増して忙しくなり、家に帰ってこなくなった。清子は晴美の店を買った在日の店主に美容師として雇ってもらい、朋美をおぶって仕事を続けた。生活の為に働かざるを得なかったから、必死だった。

正月だけは実家の両親のところに顔を出した。杉原は同伴せず、朋美を連れていった。清子は朋美に、両親以外にも家族がいることを教えたかったのだ。母は露骨に嫌な態度をとったが、健一も和子も親しく接してくれた。朋美はいとこの幸子と遊べるのが嬉しいようだった。父は、いつもの寡黙な態度に戻っていた。

ある日、清子は杉原に頼まれて新宿の喫茶店に届け物をした。黒沢崇という人物に書類を渡すように言われていた。三歳になったばかりの朋美を連れて喫茶店に入ると、中は煙草の煙でもうもうとしていた。

「こんなところじゃ、子供がかわいそうだな。ほかの店に行きましょう」

低い声で清子に話しかけてきた男性が黒沢で、新聞記者だということだった。彼はフルーツパーラーに連れて行ってくれた。プリンを食べる朋美を見て、目を細めている。

「子供がお好きなんですね」清子が訊くと、いや、と黒沢は笑った。

「うちの娘も同じくらいなんです。もう三日ぐらい顔見てないから、つい」

「杉原もいないことが多いです」

「まったく男はしょうがない生き物だ。だけど杉原さんは実に立派な仕事をしている。これからも奥さんは大変だと思います。なにか困ったことがあったら、私でよければ力になりますので、連絡してください。遠慮せずに」

そう言って清子に名刺を渡してくれた。

その頃から杉原は家にほとんど帰ってこなくなった。三ヶ月に一回が半年に一回になっていく。理由を問い詰めると、「詳しくは言えないけど、信じてくれ。そのうち話す」とか、「もう少しで大丈夫になる」とはぐらかされた。「どこに行っていたの」と尋ねたら「君は知らなくていい」と不機嫌になったこともある。なにかうまくいかないことでもあるのか、杉原は家にいても妙に苛立《いらだ》ったり、電話の相手に怒鳴ったりすることが増え、漠然とした不安は募るばかりだった。

それでも杉原は朋美のことを可愛がった。ゴーフルという凬月堂《ふうげつどう》の高級菓子を手土産に帰ってくると、ずっと朋美を抱いて膝に載せていた。夜は清子のことも求めてくる。

情熱的で荒々しい交わりは、その瞬間だけ不安を忘れさせてくれた。清子はそれだけをよすがに、朋美を保育園に預け、朝から晩まで生活のために働き、杉原を待ち続けた。

朋美が小学校に入学した翌年、とうとう杉原は帰って来なくなった。

居所はまったくつかめなかった。正月を過ぎ、桜が咲き、夏が来ても杉原は戻らない。

家を空けて一年が経っていた。

事故にでもあったのか、なぜ帰ってこないのか。消息は知れず心配でたまらない。

朋美が小学校で描いた家族の絵には清子と朋美の姿しかなく、虚しさを痛感する。親交のあった人物を探すが思い当たらず、杉原のことを自分はここまで何も知らなかったのかと途方にくれた。

ふと黒沢の顔が浮かび、名刺を引っ張り出してきて電話をかけ、事情を話すと、捜索に協力すると言ってくれた。

三ヶ月後、黒沢と新宿の喫茶店で向かい合う。

「驚かないでください」と黒沢が話し始めた。

説明を聞き終えて、「よくわからないのですが」と清子は訊き返した。

「杉原光男、イ・カンナムは、実在しないって、どういうことですか」

「奥さんの言うように密航で来たのだとしたら、日本では別の人物になりすましていた可能性があります。杉原はここ数年、公安に目をつけられていたんです。公安だけじゃない、KCIA、つまり大韓民国中央情報部にもです」

黒沢の語った人物が朋美の父親で、清子と暮らしていた杉原だとは思えなかった。いったいどういうことなのだろう。自分と暮らし、子供までもうけた男が、あんなに愛し合った男が、実在しないなんて。

もう杉原は二度と清子の前に現れないのだろうか。

そんなこと、信じられない。

これからどうしたらいいのだ。

朋美と二人、杉原から捨てられたのか。それともなにか不測の事態が起きて戻ることができないのだろうか。

いずれにせよ、清子は杉原の状況について知りようがない。どうにもできない悔しさと哀しさで、唇が震えてくるのを必死にこらえた。

「お役にたてなくてすみません。これからも引き続き捜しますから、奥さんも気を落とさないで」

「あの、北朝鮮に行ったってことはないでしょうか。私たち、北へ帰った一家のところに居候していたんです」

「それも調べましたが、イ・カンナムは少なくともあっちに行った可能性はないと思います。だが実際は、わからない。なにしろ偽名ですから、本名がわからないと行方は知りようがないです」

「そうですか」清子は肩を落とした。

杉原がいなくなってもなお川崎の桜本に住み続けるのは辛かった。

周囲の人達は親切だったが、勤める美容室の給料も微々たるもので、生活がとにかく厳しかった。もっと稼ぎのいい職場がないかと美容師の友人に連絡してみると、以前に見習いとして勤めていた銀座の美容室が人手不足で募集していると教えてくれた。

淡い希望を持ち続けて杉原が帰ってくるのを待つか、それとも、朋美と二人だけで生きていくことを決心するか。

どちらかを選択しなければならない。

答えは決まりきっていた。

杉原は清子を騙《だま》していた。嘘の名前を騙《かた》っていたのだ。公安？　ＫＣＩＡ？　その事実を知ってしまった以上、待つことに意味はない。

裏切られた怒りのやり場もなく、杉原に対して憎しみに近い感情まで芽生えている。

清子は、引越して、仕事場も変えることにした。

もう、杉原のことは考えない。自分の力で生きていくのだと自分に誓う。

蓄えていたわずかな貯金に、以前父と兄からもらったお金を足して、清子は旗の台のマンションを借りることにした。銀座の美容室の給料もかなり良かったので、家賃を払い続けるのも問題なさそうだ。マンションの目の前に小学校があり、駅からも近かった。そして、実家からもそう遠くないというのが、何かあったときに心強いと思ったのだ。

朋美には、誰にも恥じることのない教育を身につけさせ、立派に育てて、どこかにいる杉原を見返したかった。

だから清子はがむしゃらに働いた。悔しさと怒りを仕事への情熱に転化した。理不尽さをばねに頑張った。すぐに銀座の店長に抜擢《ばってき》され、そのうち、チェーンの親会社の社長の目にとまり、他店のマネージメントも任されるようになる。ちょうどその頃、健一一家が清子と同じマンションに越してきてくれて朋美を気にかけてくれるのはありがたく、安心して仕事に没頭した。

清子は貪欲《どんよく》だった。自分が社会の階段を上がっていくためには手段を選ばなかった。社長の愛人になって、パリに同行することだって平気だったが、社長と密会する予定の日に朋美の運動会があったときには、後ろめたさでサングラスをかけた。朋美が徒競走で転んだのも、自分のせいではないかと思ってしまい、思わず目をそらしてしまった。

清子はそうやって仕事にのめり込むうちに、朋美とどう接していいかわからず、もはや目に見える成果を褒《ほ》めることしかできなくなっていく。当然朋美とは心が通わず、加えて健一とも気まずく疎遠になり、孤独に苛まれていった。そして、仕事にしか情熱を見いだせなくなってしまうのだった。

朋美が中学生になるのを機に広尾に越した。それからも仕事はすこぶる順調だった。エステティック専門の別会社を任され、社長に就任し、自分自身も積極的にメディアに露出した。心の内で、どこにいるかわからない杉原に「私は立派にやっている」と見せつけたい気持ちがあった。

朋美は、名門と言われる附属の中学校・高校を卒業し、大学に進学したが、あらゆることに意欲がない子供だった。清子としては、朋美の親友だというソン・ユリの方がむしろ可愛く見えた。聡明で明るいユリは、晴美によく似ている。

晴美一家がどうしているかと考えると、いまでも胸がひりひりと焼けるように痛む。彼らは、自分の国で開催されるオリンピックを観に行きたいと言っていたけれど、もうすぐ開催されるソウルオリンピックをテレビで観ることができるのだろうか。故郷でもない北の地でどんな暮らしをしているのか。

北朝鮮に行かなければ、開会式や競技を目の前で観覧できたかもしれないのに。最初は晴美と手紙のやり取りがあったけれど、清子が桜本を離れてからは音信不通であった。北朝鮮の帰国事業は打ち切られ、連絡の途絶えている帰国者が多いことは、徐々に世に知られてきていた。

彼《か》の地にいる人びとの顔を思い浮かべると、愛おしさと切なさで胸が詰まってくる。その思いが高じて清子は就職に困っていた在日韓国人の永井を雇ったり、本名で堂々と頑張っているユリが気になったりしてしまうのだった。

朋美は大学を卒業してから少しして、男性誌の編集部でアルバイトを始めた。ある日リビングで朋美が政治討論の番組を見ていた。珍しいことだったので清子もその番組を一緒に眺めていたら、黒沢が出ていた。

「ママ、私ね、この人の原稿を毎回取りに行ってるの」

そう言った朋美の目がうっとりとしていて、黒沢を慕っているのが明らかだった。

朋美の働く編集部の雑誌を書店で確かめてみたら、黒沢がその雑誌に署名記事を寄稿していた。黒沢がフリーのジャーナリストとして名が知れるようになっていたことは知っていたが、母娘で接点があるその偶然に驚く。

清子は永井に連絡先を調べてもらって、黒沢の事務所に電話をかけた。

「私、浜田清子といいます。行方不明になった杉原のことで以前お世話になりました……」

「あの清子さんですか」

黒沢はかなり驚いているようである。

「はい、今はハマダコーポレーションの代表を」

「ご活躍は存じています。びっくりしました。あなたが、その、経営者になったなんて」

「今日は娘のことで電話をしたんですけど」

「ああ、娘さん、大きくなったでしょう。うちの娘と同じぐらいだから、大学生かな？」

「大学は卒業して、出版社でアルバイトをしています。それが、黒沢さんが連載していらっしゃる雑誌の編集部だったので、娘をご存じかと思いまして」

えっと息を吞むような声のあとしばらくの間があってから、黒沢は「ちょっと」と言葉を続けた。

「待ってください、あの子が娘さんですか？　いや、驚くな」

「私も驚きました」

「いや、それにしても……」

「黒沢さん、それで、折入って、お願いがあります」

「私にできることなら」

「うちの娘、父親をほとんど知らずに育ってますし、私がこんなで、淋しい思いをしてきたと思うんです。娘は黒沢さんを慕っているみたいなんです。だから、気にかけてやってもらえないでしょうか。父親代わり、というとなんですが、なにかあったら、力になってやってください。図々しいですが、お願いします」

わずかに間があってから、「わかりました」と返ってきた。

「私も離婚して娘と会えなくて、彼女が娘みたいに思えますしね」

「私のせいでちょっとひねくれてるんですけど、根はとてもいい子なんです。よろしくお願いします」

清子は受話器を耳に当てたまま、何度も頭を下げていた。

8

週刊誌に工作員と内縁関係にあったとの憶測記事が出て、清子は出馬を断念した。また、それに衝撃を受けた朋美がマンションを出て行った。きっと男性関係の記事にも傷ついたに違いない。サロンフラワー社長との関係は事実だったが、永井とは何もないと弁明したかった。しかし、聞く耳は持たないだろうとあきらめた。

清子は朋美の部屋のベッドに腰掛ける。予想はしていたけれど、まさに胸にぽかんと穴があいたような気分だった。

ふとゴミ箱のなかを覗くと、ゴーフルの缶が捨てられている。目を凝らすとさらに、セロテープでツギハギだらけの画用紙もあった。清子はそれを手にとって開いてみる。

消防車の絵が描かれていた。これは東京都で賞をとった時のもので、朋美がゴーフルの缶にしまっておいたもののはずだ。さらにゴミ箱を探ると、次々に朋美が大事にしてきたものが出てくる。読書感想文、自転車に乗っている色褪せた写真、梅の木と家族らしき絵。虫歯ゼロのバッジに小石、リリアン、珍しい切手など。

「お父さんありがとう」という、おそらく父の日に書いた見覚えのないカードを見て、これは朋美が父親に見せたくて取っておいた品物の数々だったのだと初めて気付いた。

それなのに清子は、朋美が小学生の頃、この缶に入っていた写真とノートの切れ端の下品な書き込みに激怒して、朋美をきつく叱りつけてしまったことがある。

ゴーフルの缶の丸い形を指でなぞる。

「ミアネ、クレド、サランへ《ごめんだけど愛してる》」

二十年以上忘れていた杉原の言葉が蘇った。

苦いものが上がってきたが、洟をすすってこらえる。ゴミ箱の中に散ったものをすべて缶に戻してから蓋をして、朋美の机の引き出しにしまう。

サッシ窓から見える東の空に、かすみがかかった月が浮かんでいた。

第五章　ひとかどの父　朋美　一九九二年

1

ジューンブライドのさっちゃんは、とても幸福そうだ。

二回目のお色直しの赤いドレスはちょっとどうかと思うが、満面に笑みを浮かべ、輝いて見える。横に並ぶ新郎は、はっきり言って冴えない風貌だが、確かに優しそうな人だ。

「さっちゃんに先を越されるとは思ってなかったわよ」

隣に座る母が、不機嫌な顔でメインディッシュのヒレステーキをフォークでつつく。

朋美は聞こえないふりをする。

母と会うのはずいぶん久しぶりで、家を出て以来だ。電話のやりとりも必要最低限だったので、今日は親族席で並んで座らなければならないことが憂鬱だった。

それでも、新婦の父親である健一おじさんが真っ赤な顔で相好を崩している姿を見てじんわりと幸せな気持ちになった。

席を立ち、「おめでとう」とおじさんのワイングラスに赤ワインを注いだ。

「おう、ともちゃん。今、その、なんとかという横文字の仕事してるんだって？　ともちゃんは小さい頃から賢かったからなあ。幸子はあまり取り柄もないし、とにかく嫁に行けて、ほんと良かったよ」

おじさんは朋美の肩を叩いて、何度も頷いている。アルコールで赤くなったおじさんの顔が上下に揺れた。

「あなた飲みすぎよ」和子おばさんは、おじさんのスーツの裾を引っ張りながら微笑んでいる。

「ともちゃん、ひさしぶりだね。ずいぶん痩せたね」

康介が笑顔を向ける。彼の妻は、ちょこちょこと会場を歩きまわる幼い娘を追いかけていた。

朋美は、さっちゃんの家のこのにぎやかさが大好きだった。懐かしい気持ちでいっぱいになりながら、自分の席に戻る。

「なに、ベラベラと話してたのよ。それにしても兄さんもあんなに酔っ払ってだらしないわよね」

お祝いの席でケチばかりつける母の方がよっぽど恥ずかしい。

「つい嬉しくて飲みすぎちゃったんでしょ。いいじゃない。おめでたい席なんだから」

反論すると、母はますます機嫌を損ねた。

もう、母のことなど無視して、さっちゃんの晴れ姿を目に焼き付けようと思った。

披露宴からアパートに帰ると疲れがどっと出た。

今日は母と一緒だったからだろうか。ちっとも変わらない母は、いつでもどこでも虚勢を張っている。

久しぶりに会ったのに近況を尋ねてくることもしなかった。父の一件もまるでなかったかのような態度だ。

朋美はワインをだいぶ飲んだにもかかわらず、酔いがまわることはなく、頭はすっきりと冴えていた。ベッドに座って考え事をする。

漠然と自分の生き方というものに疑問が湧いてきて、もやもやとした感覚に支配されていく。それはやがて落ち着かない気持ちにシフトしていき、じっとしているのが苦しくなってきて、不意に部屋の片付けを始めたくなった。

部屋はシンプルなインテリアでまとめてある。慌ててそろえた家具は近くのダイエーで買った安物だが、自分で選んだそれらを気に入っていた。広尾のマンションには母好みの高価な猫脚のテーブルやアンティークの輸入家具が置いてあるが、そういった母の趣味への反発もあった。

片付けが終わると今度は掃除機をかけ、しまいには床の水拭きまでしたくなった。力が入りすぎて雑巾を必要以上に固く絞ってしまう。丁寧に床を拭きながら、頭の中を整理する。

さっちゃんは、望み通りに普通の幸せをつかんだ。本当にまぶしい笑顔だった。おじさんもおばさんも康介も、みんながさっちゃんの結婚でハッピーになった。

普通に恋愛して、普通の人と、普通に結婚する。

普通ってなんだろう。

朋美にとっては、普通、ということが、特別なことに思える。

緊張でカチコチとなった健一おじさんと腕を組んでバージンロードを歩いてきたさっちゃんの姿が頭に蘇った。

自分がウェディングドレスを着ても、隣を歩く父親はいないのだと思い知らされる。父親が行方不明の朝鮮人で、私生児。その自分が人並みの幸せをつかめるとは思えない。

今、ライターの仕事が楽しい。平凡な恋愛だったらしなくてもいいと思っているような節《ふし》もある。さらに、黒沢と親しくしていることで満足した気になってもいた。でもそれは、自分をごまかしているだけなのかもしれない。

本当は、ずっとさっちゃんみたいに素直で、普通で、ありたかった。

そう、羨ましいのだ。

生まれた時から両親が揃い、経済的には苦しくても、きょうだいがいて、明るい家庭があり、人並みの結婚願望を持ち、それを成就したさっちゃん。

そんなさっちゃんが羨ましいからこそ、余計に朋美を普通とはかけ離れた環境に置いた母が憎らしいのだ。

平凡であること、それがどんなに素晴らしいことか、母にはわかるだろうか。

特別な人間なんてそんなにいやしないのだ。母だって父と出会うまでは両親に大事に育てられ、兄がいて、人並みの幸せを享受していたじゃないか。

自分には、初めから人並みの幸せなんてありはしない。

やりがいのある仕事に就いていても、所詮、自分は自分のままで、変わらないのだ。

自分という人間は、中身が空洞のまま、その空洞を埋めたくて仕方ないのに、外側だけを固めた自分を守り続けているのではないだろうか。

床を隅々まで拭き終えて窓の外を見ると、すっかり暗くなっていた。電気を点けると、汚れでくもったサッシ窓に自分の姿がぼんやりと映る。

明日は久々に窓の拭き掃除をしようと思った。

2

朋美は二ヶ月後に二十六歳になろうとしていた。フリーライターとしていくつかの仕事を抱えている。取材で各地を駆け巡り、さまざまな人びとと出会い、刺激のある毎日だ。

男性との出会いもないわけではなかったが、誘われるままに彼らと付き合い、恋愛の真似事をしたところで、やはり黒沢に比べればどんな男性も色あせて見えた。

世間一般では結婚を選択する年齢に達した朋美に、世話焼きの友人たちが、何度か男性を紹介してくれもした。

彼らは、まるで結婚というゴールに向かってその間のプロセスを型通り進めるだけの退屈な男たちだった。別に結婚相手が自分でなくてはならないという理由が彼らには見いだせず、彼らと手を繋いで到達しなければならないそのゴールに対しても、どうしても魅力を感じることができなかった。さっちゃんが年子の息子たちの子育てに追われているのを見ても、自分はまだまだいい、と思ってしまう。

そんな折、新しく創刊する男性向け雑誌の編集部に副編集長として異動していた広瀬から仕事の依頼が来た。

打ち合わせで久しぶりに広瀬と顔を合わせた。

「こうやって仕事を一緒にできるのは嬉しいね」広瀬は微笑んだ。

編集部でアルバイトをしていた頃の朋美は広瀬の雑用係に過ぎなかったが、今はライターと編集者という立場だ。ライターとして仕事に就くまでの過程で、広瀬にはずいぶん世話になった。

「広瀬さんには感謝しています」頭をさげる。

「浜田さんの実力だよ。君が女性誌に書いた台湾の特集、すごくよかったから、今回は君を指名したかったんだ」

「ありがとうございます」

朋美は街や都市の記事を得意としていた。

「でね、ソウル特集をやろうと思ってるんだ。カメラマンと僕と一緒に取材に行って……」

「え？　ソウルって、韓国ですよね？」話を遮って確認してしまった。

「なにか問題ある？」

「え、あ、その」

朋美はとにかく朝鮮半島につながるものは焼肉屋でさえ避けていた。スポーツの日韓戦や、朝鮮半島関連の報道がテレビで流れるとすぐにチャンネルを替えた。中学時代からの親友ソン・ユリにいたっては、花見以来音信不通にしている。

「ページ数も多いから、浜田さんにとっても、いい仕事になると思うよ」

広瀬は続けて仕事の内容を詳しく説明し始めた。


広瀬と別れたあと、ソウル特集ということに葛藤《かっとう》していたが、その仕事が朋美にとって疑いようもないビッグチャンスであるのは確かだった。

朋美は黒沢の事務所を訪ねた。神谷町のこの場所に初めて来てからもう三年近く経つが、事務所に変化はなく、相変わらず散らかっている。十五畳くらいのワンルームに、会議室にあるような横長のデスクが二つ置かれていて、その上に本や資料が積み重ねられており、床にも書類が散乱していた。

黒沢との出会いからこれまでのことを思い返していると、ほろ苦い気持ちになる。恋人である理香の存在を知ってショックを受けたことも、いまとなっては懐かしい。父のことを黒沢の口から聞いて以来、ずっとわだかまっていたけれど、今日、そういう思いを隠さずに吐露してしまおうと考えている。

黒沢は最近煙草を断っていて、くちゃくちゃとニコレットを噛みながらデスクで書き物をしていた。

「黒沢さん、急にごめんね」

声をかけると、黒沢は顔を原稿用紙に向けたまま、「ちょっと座って待ってろ」と答えた。

朋美はソファに自分の荷物を置き、勝手にお湯を沸かして紅茶を淹《い》れた。目の前の散らかったコーヒーテーブルを少し片付けてからマグカップをそこに置く。

「もうちょっとだ。あ、理香が買ってきたエリカのチョコレートが冷蔵庫に入ってるぞ」

そう言いながらも黒沢は万年筆を持つ手を動かしている。

「いい、いらない」その辺にある書類を見るともなしに見つつ答えた。

「さてと、終わったぞ」黒沢はデスクから立ち上がった。

「真面目な話があるの。ちょっと深刻」

「深刻？　そうか」

黒沢は近くにあるティッシュを一枚取ると、ニコレットを口から出し、ティッシュにくるんでゴミ箱に投げた。

「今から飲みに行くか？」

朋美は首を横に振った。

「この話をしながらお酒飲むと、絶対私荒れるから、今ここで話す」

朋美は堰《せき》を切ったように話し始めた。

今度広瀬から請けた仕事がソウル取材で、割り切って考えようとしてもどうしても韓国へ取材に行くことに抵抗があることや、自分が幼い頃孤独で寂しい思いをしたことが、朝鮮半島への苦手意識を頑《かたく》なにしていることを一気に語る。

黒沢は、そうか、ふん、うん、などと相槌を入れながらソファに寄りかかって聞いていた。

一通り話し終わると、少しだけ気持ちが楽になった。黒沢が黙ったままだったので、言葉を待った。

「朋美に見てもらいたいものがある」立ち上がると、自分のデスクの引き出しからなにかを取り出し、また朋美のところに戻ってきた。

「これ、清子さんから預かっている」

そう言って黒沢が朋美の前に差し出したのは、なんの変哲もない白い封筒に入った一通の手紙だった。

浜田清子宛だが、住所はハマダコーポレーション気付になっていた。朋美は、封筒を裏返す。

差出人は、杉原光男、とだけ書かれている。住所もなにもない。

「これは」視線を黒沢に戻して尋ねる。

「清子さんが立候補を断念したあとに来た手紙だ。行方不明になってからいっさい音沙汰がなかったのに、突然送られてきて驚いたそうだ」

封筒をふたたび見つめる。黒いボールペンで書かれた文字は筆圧が強く、全体的に角ばっている筆跡だ。

父親の肉筆に、胸の鼓動が速まっていく。

封筒の中身を取り出すと、便箋《びんせん》もただの白地にグレーの罫線が入った、シンプルなものだった。

清子
いまさらこんな手紙を書いても、破り捨てられるかもしれない。
すべてが、申し訳ない。君にはいくら謝っても謝り足りないと思う。
朋美のことが心配だ。傷ついていないだろうか。
いまさらおめおめと会いにいく資格はないが、私なりに心を痛めている。
二人のことを一瞬たりとも忘れたことはない。

書かれているのは、それだけだった。

自分の中で存在を消去したはずの父親からの手紙。

頭の中が真っ白になって、何も考えられなかった。手紙を手にして、呆然としてしまう。

「杉原は大阪からその手紙を出している」

「大阪?」

「ああ、その手紙の消印が、生野《いくの》になっているから、間違いない。この手紙を清子さんから預かったのは、朋美がひとり暮らしを始めて少し経った頃だったと思う。もし、朋美が父親のことでなにか俺に言ってきたら、この手紙を見せてあげて欲しいって言われた」

「黒沢さん、母と会っていたんですか」

自分のあずかり知らないところで母と黒沢が通じていたことは、騙されていたような気がして不愉快だった。

「賃貸の保証人になったことも随分感謝された。そして、くれぐれも朋美をよろしく、いろいろ面倒見てくれって頭を下げられたんだ。それからも、俺のところに三ヶ月に一回ぐらい電話があってお前の様子を訊いてくる。つまり、清子さんはお前のこと、すごく大切に思っているんだ。ああいう人だから素直にお前には愛情を表さないかもしれないが」

さっちゃんの披露宴で会った際の、母の小憎たらしい顔が浮かんできて、朋美は頭を振った。

「そんなこといまさら聞いても」

呟くように言うと、黒沢は「それから」と言って壁際の棚を開けた。

「これも」

黒沢が持ってきたのは、朋美が捨てたはずのゴーフルの缶だった。驚きで言葉に詰まる。

受け取って、蓋を開けてみる。セロテープでツギハギだらけの消防車の絵、梅の花の絵、虫歯ゼロのバッジ、リリアン、読書感想文、珍しい切手、自転車に乗っている写真、父の日のカードなど、缶の中身は捨てたときのままだった。母がゴミ箱から拾い出したのだと思うと、不覚にも、胸にこみあげてくるものがあった。

中に、見覚えのない写真が一枚混じっているのに気付く。白黒のその写真を手にとって、目を凝らして見てみる。

いまよりずっと若い母が朝鮮式の民族服を着て真ん中で微笑んでいる。幸せいっぱいの笑顔だ。隣には、スーツ姿の体の大きな男性。顎にほくろがあるので、父にちがいない。

初めて見る、父の写真だった。想像していたよりもずっと顔立ちも端整で、きりっとしている。おぼろげな記憶にあった父とは別人のように思えた。

二人の周りをやはり朝鮮式の民族服やかしこまった格好の老若男女が取り囲んでいる。みんな朗らかに笑っている。

「それは、清子さんと杉原の結婚披露宴の時の写真だそうだ。このとき、清子さんのお腹にお前がいた。そして、それが唯一、残っている杉原の写真でもあるらしい。清子さんは、杉原と駆け落ちして一緒になって、そこに写っている、川崎の朝鮮人の家に世話になったそうだ。杉原の写真は全て処分してしまったが、その人たちが写っている写真はどうしても捨てられなくて残したと言っていた。朋美、その家族にすごく可愛がられたって」

自分の知らないストーリーがここにはあるのだろうが、朋美は手にしている写真が、まったく自分とは結びつかなかった。

それでも、自分を可愛がってくれたと聞いて、写真の中で優しく微笑む一家に会ってみたい気持ちが湧いてきた。

「この人たち、いまも川崎にいるのかな」

「いや、彼ら一家は、帰国事業で北朝鮮に行ったそうだ」

「北朝鮮……」

「それで、そのあと、清子さんと杉原、朋美の三人で暮らしていたみたいだが、杉原が行方不明になってしまったってことだ」

　ぼんやりと覚えている父の面影と写真のなかの人物をもう一度重ね合わせてみる。

「その缶の中のもの、朋美が父親に見せようとして取っておいたものだから、機会があったら返しておいてほしいと清子さんから託された。将来、父親に会いたいと思ったときのために朋美の手元に置いておくべきだって言ってた。俺もこの缶をいつお前に渡そうかとずっと気になっていた。今日はいいタイミングだな」

　朋美は、父の写っている写真を缶の中に戻して蓋を閉める。

「これ、いらない。捨てておいて」

　缶と手紙の両方を返そうと差し出したが、黒沢は受け取るつもりがないようで、しばらくそのまま向き合う状態になる。

　黒沢は、朋美、といつもよりもさらに低い声で言った。

「俺と一緒に大阪に杉原を捜しに行こう」

「え？」

「清子さんは、手紙が届いてすぐに、人を使って、ふたたび杉原を捜し始めた。手紙の消印が生野だったのを手がかりにな。そうしたら、どうやら、朝鮮人や韓国人の多く住んでいる地域に、それらしき人物がいたらしい。生野の御幸通《みゆきどお》りのあたりだということまではわかったが、在日同胞と別の所帯を持って子供もいるようだったので、それ以上捜すことを止めたそうだ。だから詳しい住所とか、何をしているかまでは不明なようだ。『しょせん、私と杉原の結婚はうまくいかなかった。いま杉原が生きていて、同じ出自の人と一緒になって、幸せに暮らしているならそれでいい』って清子さんは言ってた」

朋美はうつむいてしばらく黙っていた。混乱していて、自分がどうするべきか判断できない。だが、こんな気持ちのままでは、ますますソウルに取材に行くのは、難しいかもしれないとは思った。

「杉原は、左のまぶたの上に、切り傷の跡が残っているらしい。とりあえず、生野に行ってみよう。顎にほくろがあって、左のまぶたに傷跡のある人物がいるかどうかを訊いて歩いてみたらいい。それに、あの辺は済州島出身が多くて慶尚南道の人間は少ないから見つかりやすいだろう。俺は杉原の顔を見ればすぐにわかると思うしな」

朋美は黒沢の顔を見つめて、「わかった」と答えた。

3

運行を開始したばかりの「のぞみ」に東京駅から乗り、黒沢と並んで座っている。これが、プライベートの旅だったら、どんなにか心弾むことだろうと思うが、気持ちは重かった。

いないこととして考えないようにしていた父親というものが、ちょっと前に、朋美の暮らす日本の空の下、大阪にいたという。

そんなことは、思ってもみなかった。

自分の父親は、確実に存在している。

ちっとも嬉しくない。ひょっとしたら会えるかもしれない、ということも、楽しみでもない。

驚きと困惑の入り混じった中に、戸惑いがある。

しかし、同時に、その父親に会ってみたいという衝動があるのも、否めなかった。黒沢から渡された父の手紙と写真を自分のアパートに帰ってから眺めていると、いてもたってもいられなくなり、荷物を大急ぎでまとめた。

それでも、新幹線が名古屋を過ぎると、恐怖に近い感情が芽生えて来るのを感じていた。父の手紙には、朋美のことを一瞬たりとも忘れたことはないとあったが、別の家庭を持っているのだから、訪ねて行ったら迷惑なのではないだろうか。冷たくあしらわれるのではないだろうかと不安である。

隣の席で週刊誌を読んでいる黒沢に、「私やっぱり」と話しかけた。

「会いたくないな。会わなくても、いたってことがわかっただけでいい。ほかに家族がいるんでしょ。大阪でお好み焼きでも食べて、そのまま帰りたい」

「生きているかどうかを確認するだけでもいいじゃないか。もしかしたら今大阪にいないかもしれないが、少なくとも二年前には、生野の御幸通り商店街のあたりにいたらしいということまではわかっている。とにかく、自分の目で確かめて、現実を受け入れるってことは大事なことだ。杉原には、のっぴきならない事情があったんだと思う。生きていくために必死だったんだろうな。もし会えたら、杉原を罵っても構わないさ。封印している感情をさらけ出すんだ」

「黒沢さんだって、お嬢さんと会ってないんでしょ。だから私もいい。会えるかどうかもわかんないのに」

「俺の事情と、朋美の事情はまた別だ。とにかく、杉原の足跡を少しでも辿る、それはお前にとって必要なことだ。それに、朝鮮人や韓国人が多く住んでいる街に行ってみるのも、朋美のアレルギーを解消するのにいいんじゃないかな。逃げるな。いつも逃げてばかりいると、大事なものを見失うぞ」

「もともと大事なものなんてないから」

ふてくされて言うと、黒沢が、「いい加減にしないか」と、咎める口調で言った。

朋美は、窓の外を見つめて、なにも答えなかった。

新大阪の駅から大阪駅に出て、梅田のビジネスホテルに荷物を預けるやいなや、ＪＲ

環状線に乗った。鶴橋《つるはし》駅のホームに降り立ち、気持ちを落ち着けようと深呼吸をしたら、焼肉の匂いが鼻についた。

足を踏み入れた鶴橋の街はそれこそ日本ではないかのように映る。駅前の高架下の看板には、韓国語教室や、朝鮮舞踊の広告、ハングル文字などが目に付き、さながら小さな《リトル》朝鮮《コリア》だ。

小さな中国である、横浜中華街は大好きだった。飲食店を取材したこともある。だが、この街の空気をとうてい好きになれそうにない。

老若男女が行き交い、店の人たちのパワーと観光客の好奇心が混じり合って、くらくらとめまいがする。ソウルオリンピック以来、韓国ブームが始まり、人がたくさん集まってくるのだろう。

アーケードを行くと、ニンニクの臭いが漂ってくる。キムチを店頭で売っているのだ。韓国食材店、ホルモン焼き店、チマチョゴリを仕立てる服飾屋、いろんな店がごちゃごちゃと並んでいる。

黒沢が地図を見ながら朋美と並んで歩いていく。

「このあたりは、国際マーケットって言われてたはずだけど、戦後の闇市の名残があるな。御幸通りは、もう少し東の方だ」

「お腹がすいたから、どこかに入ろうよ」

朋美は、少しでも父親捜しを先送りしたかった。それに朝から何も口にしていなくて、本当に空腹だった。

「そうか、じゃあ、ここにでも入るか」

黒沢が足を止めたのは、「焼肉アリラン」という寂れた感じの店の前だった。入口はガラスのドアになっていて、ドアの横にはロウで作った見本のメニューがガラスケースに陳列してある。

朋美は一瞬躊躇したが、小さく深呼吸をしてから、自ら先立って店の中に入っていった。焼肉屋は避けていたので、かなり久しぶりだ。

十坪程の店内には、瓶ビールを手酌で注ぎ、肉を焼いている中年男性しかいなかった。店員らしき二十代ぐらいの青年に、焼肉定食を注文して、黒沢と向かい合って食べる。

朋美はいったいこの肉が美味しいのかまずいのか、認識できなかった。

朋美たちが食べ終え、お茶を持ってきたさっきの店員が、テーブルの上に置いてある地図に気付いた。

「お客さん、どっから来はったんですか」青年は笑顔で朋美に訊いてくる。

「あ、あの、東京です」

「鶴橋、おもろいでっか?」

「あ、はい」

「ええですねー。親子で旅行」

そう言うと、青年が営業用の笑顔で、あいた皿を持ち去った。

朋美は、親子、という言葉が耳に残った。しかし、黒沢は、特にその言葉には反応せずに、お茶をすすっている。

「ね、黒沢さん、母には今日ここに来るって言った？」

「いや、まだ話していない」

「じゃあ、母には、今回のこと、黙っておいてほしい。もし父に会えたとしても、そうでないとしても」

黒沢は少し考えてから、「わかった、約束する」と言った。


腹ごしらえを済ませて、御幸通りの方に向かう。

「御幸通り商店街は、朝鮮市場とも言われていて、在日朝鮮、韓国人がこの商店街周辺に多く集まって住んでいる。ちょっと前までは、小さな工場もかなり多かった」

黒沢の説明を聞きながら、商店街に入る。五月の清々《すがすが》しい空気が頬をなでるが、朋美の顔はこわばったままだ。

中華街のように、飲食店がひしめき合っているというわけでもなく、他の街の普通の商店街と様相はそんなに変わらない。鶴橋駅前よりは広い路でアーケードもない。両側に服屋や居酒屋、喫茶店、雑貨店、酒屋、肉、魚、野菜の生鮮食料品を売る店など、いろんな店が並ぶ。チマチョゴリの店があるのと、朝鮮乾物屋が店頭でキムチを並べているさまは、鶴橋駅周辺と似ている。しかし、駅前のマーケットに比べると人は少なく、閑散としていた。

「とりあえず、訊いてみるか」

朝鮮乾物屋のおばさんに、黒沢が話しかけた。朋美の心音が大きくなってくる。いよいよ、父を捜し始めるのだ。

朋美は、少し離れた場所で黒沢を見守っていた。二人の話す声はここまでは、届かない。

黒沢は、写真を見せているが、おばさんは頭を横に振っている。黒沢は、おばさんの言葉を聞きながらなにか地図帳にメモしたあと、朋美のところに戻ってきた。

「心当たりないみたいだけど、このあたりに詳しい人を教えてもらった。もし商売をやってたら、すぐにわかるかもしれないって」

黒沢について行って、商店街から左に折れた狭い路地を入った。そこは、狭小な住宅が密集していた。二軒長屋や平屋の住宅がまだ残っており、一階が工場で二階が自宅というタイプの家や、トタン作りの家も見られた。

「シンナーの匂いがする」

朋美が呟くと、黒沢が「ケミカルシューズだな」と言った。

「ヘップサンダルって知ってるか？　ヘップって大女優のオードリー・ヘップバーンだけど、彼女の履いてたかかとにストラップのないサンダルにちなんでそう呼ばれてるんだ。つっかけっていうのか。あれを手工業で作っている。ここいらは一時期、ゴムの工場がたくさんあったんだが、まだ残ってるんだな」

確かに工場らしき建物の前に、ゴムの板を積んだトラックが停まっていて、段ボールを敷いたリヤカーを引く人の姿も遠目から見える。

なんだか懐かしい気持ちになった。幼い頃の記憶が蘇る。

祖父の家と古書店のあった戸越銀座の商店街から路地に入ると、長屋が残っていた。その長屋は、一階がなにかの工場だった。お正月に長屋の前でさっちゃんと羽根つきやゴム縄、ケンケンなどをして遊んだことを思い出す。リヤカーも、目にした記憶がある。この街の醸し出す雰囲気は、その当時の戸越銀座の空気とよく似ていた。

「朋美、こっちだ」

比較的新しい家の前で黒沢が手招いている。近寄ると、表札には、「徳永（洪）」とある。この家は、独立した一軒家で、三十坪ぐらいありそうだ。

「ここの人が、商店街の組合の役員をやっているそうだ」

黒沢がインターホンを押しながら言った。

すぐに応答があり、黒沢が自分の名と職業を名乗り、乾物屋のおばさんに聞いてきたことと、人を捜している事情を説明すると、五十歳前後の豪快な感じの中年男性が出てきた。黒沢が名刺を渡すと、すぐにリビングルームに上げてくれた。

貝細工が施されている立派な黒い丸テーブルが、部屋の真ん中にある。

「よう大阪まで来はったな。いま、家のもんがみんな出払っとって」

徳永さんは朗らかに言うと、お茶を出してくれた。黒沢と朋美は、鮮やかな緑色の座布団の上に座る。

お茶を飲むと、甘くて香ばしい未知の味だった。朋美が、おや、というような顔をしたのに気付いたようで、徳永さんは、それな、と言葉を続ける。

「韓国のお茶ですわ。とうもろこしでできとる。香ばしいやろ。美味いで」

「いやあ、美味しいですね。このお茶、どっかで買えますかね」

黒沢が訊くと、徳永さんは「どうやろなあ、無理やろなあ」と言って、席を立った。

朋美は部屋の中を見回す。黒沢は、背広の内ポケットから杉原の写っている写真をテーブルの上に出している。

テーブルに施されているものと同じような細工の棚や引き出しがある。低いチェストの上には、いくつかの写真立て。チマチョゴリを着た女性の写真もあった。

朝鮮半島の空気が濃密なこの空間が息苦しくなってくる。数分後、徳永さんが、手にビニール袋を提げて持ってきた。

「これが、とうもろこしのお茶ですわ。韓国から持ってきた。ちょっとしかわけられへんけど」

お礼を言って、お茶をもらった。茶葉ではなく果実の部分を乾燥させてある。

希少なものを分けてくれた徳永さんの優しさに、こわばっていた気持ちが少し和んだ。

黒沢が徳永さんに写真を見せ、杉原を指差す。

「ところで、この人を捜しているんですが。昔世話になった人なんで、どうしても会いたくて」

「どれどれ」

徳永さんは写真を覗き込む。

「顎にほくろがあって、まぶたの上に傷跡がある在日の男性を捜しているんです。いま、五十代半ば過ぎになっていますが、一世です。この写真はかなり若い頃なんで、容姿は多少変わっているかもしれません。東京や川崎に暮らしていたことのある人なんです。このあたりにいるということは、一昨年人づてに聞いたんですが」

世話になった人、として黒沢が言ってくれてありがたかった。徳永さんがいくら親切な人とはいえ、赤の他人に、父親を捜しているなんてことは言いたくなかった。説明も面倒だ。

「しかしまた、この花嫁さんは、えらいべっぴんさんやねえ」

徳永さんは、母のことを言っているに違いない。いつものことながら、母が美人だということは朋美の自尊心を著しく傷つけるが、いまは自分が母と似ていないおかげで娘だと悟られなくてよかったとは思った。

「この男には、見覚えないな。名前がわからんと、難しいかもしれん。顎にほくろか。五十代半ば過ぎ……わいが役員やり始めたのは最近やからなあ」

徳永さんは、首をかしげる。

「慶尚南道出身で、身体も大きいんですが」

それから、と黒沢は声を低めた。

「密航で来たようなんで、本名を使っていなかったんです。今も、どういう名前を名乗っているか、ちょっとわからないんです」

「密航か。まあ、多かったからな。そしたら、ちょっと、わかる人がおるかもしれん。わいより年上やったから、よういろんな人知っとるし」

徳永さんは立ち上がると、電話をかけたが、相手が不在のようで、受話器を置いた。

「今日はどこにお泊まりですか。連絡ついたら、夜にでも、電話しますわ」

黒沢がホテルの名前を告げる。

「七〇年代に入管の摘発が相次いで、密航者がずいぶん捕まったんですわ。そのとき、密航で来た同胞が在留許可とれるような運動しとった人がおって。身元引受人になったりもしとったから、もしかしたら、この男を知っとるかもな。ま、いま留守やけど、そのうちもどるやろ。その人に、明日会えるように頼んどきますわ。ほな、闇雲に捜さんと、大阪楽しんでいきや」

「ありがとうございます。ではよろしくお願いします」

そう言って頭を下げた黒沢に倣って朋美も会釈をする。

「あんたもえらいなあ」徳永さんは朋美を見て、相好を崩した。

「若いのに、父親の人捜しに付き合ってなあ」

この人も黒沢と朋美を親子だと思い込んでいる。朋美は、はあ、と曖昧な笑顔を返した。そっと黒沢の横顔を盗み見ると、黒沢は渋い顔をしていた。

4

黒沢と連れ立って、道頓堀《どうとんぼり》に出た。

法善寺横丁《ほうぜんじよこちょう》の水掛不動に立ち寄る。苔《こけ》でぽってりと太った不動さんを前に手を合わせ、なにを願えばいいのかと迷ってしまう。

「父に会えますように」という言葉は、すぐに浮かんでこなかった。「ものごとが順調に行きますように」とだけ念じる。

不動さんの近くに夫婦善哉《めおとぜんざい》が有名な甘味店があった。黒沢はまったく関心がないようで、店の前をすっと通り過ぎた。朋美は、立ち止まって、店頭の宣伝文句を眺める。その善哉を男女二人で分けて食べると結ばれる、というようなことが書いてある。夫婦善哉は織田作之助《おださくのすけ》の小説にも出てくるらしい。興味が湧いたが、黒沢と入るのはやっぱり変で、今の自分には縁がない場所だと思い直し、先に行ってしまった黒沢の背中を追いかけた。

地主神社の境内から出て、串カツ店に入り、まだ夕方にもかかわらず、生ビールを注文した。黒沢と「お疲れ様」と乾杯を交わす。

「とりあえず、ホテルに早めに戻って、徳永さんからの連絡を待とう」

朋美は、ひとまず父親捜しが先延ばしされたことにほっとしていた。冷えた生ビールを口にして、一息つく。

「黒沢さん、私のために、忙しいのに時間を割いてくれてありがとう。いろいろ訊いてくれて」

「いや、これは、たぶん、俺自身のためなのかもしれない」

「黒沢さんのため？」

黒沢は頷いた。

「俺は、自分の娘と会えない状況なんだ。だから、朋美を杉原にどうしても会わせてあげたいのかもしれない」

朋美は返答に窮し、黙っていた。

「押し付けがましかったら、すまない。杉原はきっと、いままで朋美をほっておいたことで自分からは会いにいけないいんだと俺は思う。だけど、本心ではすごく会いたいんじゃないかな。なぜなら、俺がそうだから。もし娘の方から会いに来てくれたらってしょっちゅう想像する」

それから黒沢は、目の前のビールグラスをしばらく見つめていたが、「別れた妻は」とふたたび話し始める。

「わりとすぐに再婚したんだ。だから、娘には新しい父親がいる。二人は、すごくうまくいっているらしい。娘は去年結婚したけど、バージンロードを今の父親と歩いた。俺は、娘の結婚式にも行かれなかった」

黒沢はそう言うと、生ビールをぐびぐびと喉に流し込んだ。

「だとしたら、私の父だって、別の家庭があるのに、娘が名乗り出たら、迷惑なんじゃないの？」

間を置いて、「それはわからないが」と言った。

「会いたいはずだ、ぜったい。その気持ちは、あの手紙ににじみ出ていた」

「でも、亡くなっているとか、もう大阪にいないってこともあるよね」

「朋美。会うのが怖いって気持ちはわかるけど、ここまで来たんだから、会えることを信じよう」

「本当に会えるのかな」目をそらして答えた。

黒沢は、朋美の質問には答えずに、運ばれてきた揚げたての串を差し出しただけだった。

いつもと違って、黒沢と食事をしていても、楽しくなかった。会話の弾まぬまま、串カツ店を出て、ホテルに戻る。

「徳永さんから連絡があったら、部屋に電話するから」

同じ階にシングルルームを隣りあわせに取っていたので、廊下で別れた。

部屋に入るやいなや、ベッドに仰向けになり、天井を眺める。昨晩はほとんど眠れなかった。マットレスに身体が沈み込んでいく。アルコールの酔いも手伝って、まぶたが重くなってくる。

ベッドサイドの電話がけたたましく鳴って、目が覚めた。サイドデスクに備え付けられたデジタル時計に目をやると、午後九時を過ぎている。二時間ほど眠っていたようだ。

唾を飲みこんでから、電話に出る。

「徳永さんから、電話があった。杉原のこと、知っているかもしれない人、金海《かなうみ》さんというそうだ。明日の昼前に会ってくれることになったぞ」

朋美は、「わかった」と答え、通話を終えた。

父につながる可能性のある糸を見出すと、気持ちがざわついた。部屋を歩き回ったり、外を眺めたり、テレビを点けて、チャンネルをザッピングするが、落ち着かない。

シャワーでも浴びようと、持ってきた荷物を開け、ふと鞄の奥底に入れてきたゴーフルの缶を手にする。

丸い缶の蓋を開けると、一気に気持ちが小学校の頃にタイムスリップした。あの、寂しかった毎日。楽しかったさっちゃんとの思い出も少しはあるが、朋美はいつも孤独だった。

あの頃は、父にいつか会えると信じていた。会いたくてたまらなかった。

私生児だと知り、中学生になってからは、もうゴーフルの缶になにも入れなくなった。それでも父は立派な人物だと思い込むことで自分を保っていた。心の奥底では、やはり父に会いたいという気持ちを持ち続けていた。だから、この缶をしまっておいたのだ。

父が、朝鮮人だったと知り、そこで衝動的にゴーフルの缶を捨てたことで、父への思いを断ち切ったつもりだった。

なのに、今になってもまだ、大阪まで来て、父を捜し歩いている。

母が余計なことをしたからだ。いつだって自分を苦しめるのは、母なのだ。自分の妻子を捨てるような男を好きになった母が悪い。

黒沢に娘の面倒を見るように頼んだから、ゴーフルの缶をとっておいてくれたからといって、母の過ちが消えるわけではないのだ。

母へ感情の矛先を向けると、いくらか気持ちは楽になった。しかし、父に会えたら、何を話せばいいのだろうかと考え始めると、また、心が乱れ始める。

黒沢は「恨みつらみをぶつければいい、杉原を罵ったっていいじゃないか」と言っていたけれど、果たしてそんなことができるだろうか。

朋美はホテルの便箋で手紙を書き始めた。言葉が出なかったときのために、父に伝えたいことを書いて、缶に入れて渡そうと思ったのだ。そして、そこに入っているものの説明も加えるつもりだ。

しかし、ボールペンを握りしめたものの、はじめの単語を三度も書き損じた。どうしても、「お父さん」という文字がうまく書けない。へんに力が入ってしまって、字の大きさのバランスが悪かったり、字と字の間が離れすぎたりくっつきすぎたりする。

部屋に備えてあった便箋は、あと一枚しか残っていなかった。フロントに頼めばもっとくれるのかもしれないが、そこまではしたくない。

「お父さん」という文字を書くのを諦めたが、今度はその先の言葉が思い浮かばない。

父に言いたいことはたくさんあるように思っていたのに、いざとなると、何も出てこなかった。

父から母に宛てた手紙を何度か読み返す。

手紙をやめて、ただ、缶にしまってある中身の説明を書くだけにとどめる。

しかし、ひとつひとつにまつわる情景が思い浮かんできて、涙がこぼれたり、思いにふけったりしてしまう。すごく時間がかかり、すべてのものの説明を書き上げるころには、日付が変わっていた。


ホテルのカフェで黒沢と朝食をとる。寝つきが悪かっただけでなく、睡眠も浅く、何度も目が覚めたので、頭が朦朧《もうろう》としていた。食欲もないので、コーヒーを二杯飲むだけにしておき、ふたたび生野に向かった。

金海さんの指定した場所は、御幸通り商店街入口の彼が経営する喫茶店だった。十坪にも満たない古い店で、客はほかにいなかった。インベーダーゲームのテーブルがいまだに置いてある。

金海さんは、頭の禿《は》げた七十近い小柄な男性だった。

「徳永さんから聞いたけど、慶尚南道の人間なら心当たりがある」会うなり言った。

そして、「コーヒーでえぇね」と、水を運んできたアルバイトらしき若い女の子に

「コーヒー三つ」と注文した。

「前にも、その人のこと東京から調べに来た人がおってな。そやけど、最初、わからんかった。ほくろがあるって聞いとったから。あとになってほくろはないねんけど、慶尚南道のもんで、密航で来はって、まぶたに傷のあるのがおったことに気付いたんや。で、東京に連絡したんやけど、もうええいわれて、そのまんまになってしもうた」

「ほくろがないんですか」黒沢が訊き返す。

「ああ、ほくろはないが、その人は、前にちらっと東京の方におったことがあるって話しとったんで、間違いないんちゃうかな。金さんやと思う。わいと同じ金やけど、あっちの通名《つうめい》は、金田や」

そのとき、コーヒーが運ばれてきた。話が途切れたタイミングで黒沢が父の写真を金海さんに見せる。金海さんは写真から距離をとって目を細めたのち、ポケットから眼鏡を取り出してかけた。

「おお、いまはだいぶ老けとるけど、おそらく間違いないわ。前に捜しに来た人に見せられた写真もこれやったんちゃうかな」

「いま、その金さんはどこに」黒沢が訊いた。

「夫婦で文房具屋やっとるけど、金さんの方は、最近は、店に出てないな。どっか調子悪かったんちゃうかな。店は、こっからすぐやけど、地図描いたるわ」

朋美は今日三杯目の妙にぬるいコーヒーをすすりながら、金海さんがメモ用紙に地図を描くのを見つめていた。もっと自分でも動揺するなり、胸がどきどきしたりするのかと思ったが、現実感がなく、ふわふわと宙に浮いてくるような感覚になってきた。隣の黒沢は、緊張した様子で、固唾《かたず》を呑んで見守っている。

すると、描き終えて顔をあげた金海さんと目が合った。

「お嬢さん、あんた、朝鮮っぽい顔やなあ。品がええ」

金海さんはそう言って微笑むと、黒沢に地図を渡した。


金海さんの喫茶店を出て、金田文具店に向かう。朋美の足は、地についていない感じだった。ふらついて、なかなか先に進めない。それでもなんとかよろめきながらも、ゴーフルの缶を入れてきたトートバッグを抱くようにして、黒沢の背中についていった。黒沢が途中で振り返り、立ち止まって待っていてくれた。

五分も歩かないうちに、黒沢が文具店を見つけ、店の前から中の様子を窺《うかが》った。

五坪程度の非常に小さな店だ。間口の狭い店先には、ジャポニカ学習帳が積まれている。そのほか、細かい玩具も並べられていたが、商品には埃がかかっていて、あまり羽振りが良くないことが見て取れた。

朋美も外からそっと中を覗いてみると、レジのうしろに中年の女性が座っているのが見える。父とされる人物の奥さんに違いない。

女性は、地味な顔立ちで、服装も冴《さ》えないグレーのブラウスだ。はっきり言ってださい。華やかな母とは比べ物にならない。

朋美は、怒りが湧いてきた。

母を超える魅力のある女性と所帯を持っているなら、納得もしただろうに、どうしてこんな女性と一緒になって、自分と母を捨てたのか。

「黒沢さん。私、もういいや。帰る」

踵《きびす》を返そうとしたら、「待つんだ」と、黒沢に腕をつかまれた。目を剝《む》いて怖い顔になっている黒沢に抵抗できず、そのまま、店に一緒に入る。

女性は、ちらりとこちらを見たが、愛想もなく黙っていた。

「あの、こちらのご主人は？」黒沢が女性に話しかける。

「はあ、主人ですか？　どちらさんでしょう」訝《いぶか》しむような目で黒沢を眺め回す。

「東京から来た黒沢といいます。友人なんです」

「東京から？　主人の友人が東京から来たんは、初めてですわ」

女性は怪訝《けげん》そうに言った。朋美を一瞥《いちべつ》したので、咄嗟《とっさ》に下を向く。

「所用で大阪に来たついでに寄ってみたんです」

黒沢はそう言って、朋美に目配せをした。

「そうですか。いま、呼んできますわ。ちょっと待っとってください」

女性は立ち上がって、レジの奥に消えた。二階に住居があるらしく、階段を上がる足音が聞こえる。

店の作りが、祖父の古書店に似ていたが、懐かしんでいるような心の余裕はまったくなかった。いよいよ父親が目の前に現れるのかと思うと、身体が小刻みに震えてくる。歯がガタガタと鳴っていたので、奥歯を噛み締めて、震えを抑えた。

「大丈夫か」黒沢が肩を抱いてくれた。

その場から逃げ出したかったが、黒沢の手をはねのける力が湧いてこない。

階段を下りてくる足音がして、黒沢がすっと手を離した。朋美は、とりあえずすぐには姿が見えないように黒沢の背後に隠れた。

唇をきつく結んで、黒沢の背中越しに奥の出入り口を見つめる。

奥からひとりで出てきたのは、二十歳前後のひょろりとした男の子だったので拍子抜けした。

「父を呼んできます。たぶん公園で一服しとるんで」

息子だと理解すると、さらに気持ちが乱れた。自分以外に父に子供がいるのはまぎれもない事実だった。

「いや、場所を教えてくれれば、私たちが行く」

黒沢が言うと、男の子は公園への道順を説明してくれた。純朴で素直な印象の子だった。

公園は店から歩いて二、三分ほどしか離れていなかったが、朋美にとっては長い道のりに感じられた。会ったばかりの息子を思い出しては、気持ちが落ち込み、逃げ出したくなったが、黒沢に手を引かれ阻まれていたので、仕方なくついていく。

広々としていたが、親子連れが遊具の周りにいるぐらいで閑散とした公園のベンチに、ぽつんとひとり座って煙草を吸っている表情の暗い男性がいた。足元には数本の吸殻が落ちている。

近づいていくが、こちらには気付かない。

くたびれた白いシャツに、焦げ茶色のズボンを穿いている。そのズボンもよれよれだ。みすぼらしいだけでなく、七十代を越えているようにも見えるくらい皺が深い。老け込んで見えるが、実際はまだ五十代後半のはずだ。白いものが目立つ髪の毛は短く刈っている。

その男性は黒沢の姿を認めると立ち上がり、一瞬顔をしかめたが、すぐに表情を緩めた。

「黒沢、黒沢だな。いやあ、懐かしい」感極まったように黒沢と堅い握手を交わす。

「何年ぶりだろうな、杉原。二十年じゃきかないか」

「いやあ、お前は変わらない。若いなあ。テレビに出たりして活躍してるじゃないか。それにしても、よくここがわかったな」

「迷惑か」

「とんでもない。会えて嬉しい」

二人がやり取りをしている間、朋美は、杉原を注意深く観察した。

背は高く、骨組みはがっしりとした体格だが、すごく痩せていた。背中は丸くなり、腕の筋肉もたるんでいる。切り込みを入れたような一重瞼の目は、確かに朋美の目とよく似ていた。左目のまぶたの上に、切り傷の跡があるが、それほど目立つものではなかった。

「そちらさんは？」

朋美の存在を認めて、杉原が黒沢に尋ねた。

「この人は……」

説明しようとした黒沢の言葉を「私、黒沢の娘です」と遮った。

「大阪に来たかったので父についてきました」

杉原は朋美の顔をじっと見つめる。

嘘が見破られるだろうか。やはり整形しておけばよかった、あのとき怖《お》じ気《け》づかずに、二重瞼にしておけばよかったと今さらながら思う。

視線の重さに耐えられず、杉原の顎に目をやる。金海さんの言ったとおり、そこに、ほくろはなかった。

「そうか。お前の娘か」

そう言うと杉原は、深く長い溜息を吐いた。

5

杉原、黒沢、朋美という並び方でベンチに三人で腰掛けた。

杉原は黒沢の来訪を喜んでいた。親交のあった当時の知り合いとはほとんど会うことがないとかで、二人で昔話をしばらく語った。

朋美は、遊びに興じる子供を眺めながら、話に耳を傾けていた。しかし、遊具の奥の植え込みに梅の木を見つけ、小学校にあった「山口正美さんの木」を思い出すと、やりきれない気持ちになっていく。

「娘はいくつになったんだ」話が途切れると、杉原は黒沢に訊いた。

「ああ」と黒沢が答えようとするのにかぶせて、「私、二十六です」と自ら答えてしまった。自分でもどうして声が出たのか、説明がつかない。しかもまだ二十五だけれど、本当の年齢を言いたくなかった。

するると、杉原は、下を向いて黙りこんでしまう。

「お前の息子にはさっき会った」黒沢が遠慮がちに口を開く。

「俺には娘もいて、二十五だ」

杉原はうつむいたまま、小さな声で言った。

朋美の胸に針を刺すような痛みが襲う。

「俺はお前の娘が小さい頃会ったことがある。清子さんとの間の娘だな」

黒沢が物心つく前の自分と会ったことがあるなんてことも、今初めて知った。頭が混乱してくる。

「娘の朋美を最後に見たのは、八歳ぐらいの頃だ」

かすれた声で言った杉原の血管が浮き出た手が、かすかに震えている。

朋美は、ここにいる初老の男が自分の父親だということが、にわかには受け入れられなかったし、彼の口にする「娘の朋美」というのが、自分のこととは思えない。

「可愛くて……」杉原はそのあとの言葉を飲み込んだ。

「娘には、今でも会いたいか?」

杉原は頷いた。

「どうして妻子を置いていなくなったりしたんだ。清子さんはお前を必死に捜していたんだぞ」

「それは、人づてに聞いていた。清子と朋美にはひどいことをした。でも、俺のそばにいると、二人に被害が及ぶんじゃないかと思った」

「以前から公安とKCIAに目をつけられていたからか？　いったいどうして身を隠さなきゃならなかったんだ？」

杉原はちらりと朋美を見てから、「それは」と言いよどんで、空咳をする。

「言えないようなことか？」

黒沢が問うと、杉原は「お前には話してもいいな」と言ってから、ひとつ深呼吸をした。

「俺が勉強したくて日本に来て、その後民主化運動に情熱を傾けるようになったのは、お前もよく知っているよな？」

黒沢は黙って頷く。

「解放されても祖国である韓国は少しも良くならない。腐敗と弾圧だ。同胞は誰も幸福になっていない。そんな社会を変えるためには理論と実践だと、俺は活動にすべてのエネルギーをぶち込んだ。アメリカの傀儡《かいらい》から抜け出しての韓国の民主化は、俺の悲願だった」

そこまで言うとしばし黙り込んだが、朋美に一瞬視線を飛ばすと、意を決したように、

「俺は」とふたたび口を開く。

「文世光《ぶん・せいこう》と顔見知りで……」

「なんだって？　朴正煕《ぼく・せいき》を暗殺しようとした、あの文世光か？」

「ああ、あの文だ」

「信じられないな……」

黒沢が頭を振り、朋美と目が合った。

「お前は知らないだろうが」と黒沢は朋美に説明を始めた。

文世光とは一九七四年八月十五日にソウルで起きたテロ事件、光復節の祝賀行事中に大統領が狙われ、夫人が撃たれた事件の犯人だそうだ。大阪生野出身の在日韓国人で、北朝鮮の工作員として凶行に及んだとされている。武器とした拳銃は、高津《こうづ》の派出所に押し入って警察から盗んだものだった。黒沢は、文世光の記事を当時ずいぶん書いたからよく覚えているということだ。

朋美はその話を聞いても、まるで映画やドラマの出来事のようにピンとこなかった。

「だけど」

黒沢は杉原の方に向き直る。

「お前が文世光と、あの暗殺事件に関与していたとは、いや、驚いた。あの事件は俺も追ったが、実のところは良くわからんのだ。謎に包まれている。文は鶴橋の総連活動家に拳銃の指導を受けたことになっている。だが、真相は、お前たち南の活動家が事件に加担していたってことか？」

「誤解しないでくれ。どんな過酷な時代でも、俺はテロをずっと否定してきた。活動の中で俺は倉敷《くらしき》の在日商工人の家に世話になることがよくあった。民主化運動を支援してくれていた人物だ。その人のところで一時期働いていたのが文だった。従順でおとなしい男で、まさかあんな事件を起こすとは思わなかった。本籍が俺と同じ慶尚南道だったので、時にたわいもない話をした程度だ。だから文が犯人と知ったときは心底驚いた。知っての通り、日韓関係にひずみを生んだ事件だ。そこに北朝鮮やスパイの土台人《どだいじん》も絡んでいる。文と接触した在日は徹底的に公安に洗われると直感した。それで真っ先に考えたのが妻と娘のことだ」

「連座して迷惑をかけると思ったのか」

「何も語らず、何も知らせずに姿を消したほうがいいと考えたのだ。あの頃は南北のエージェントが入り乱れてものすごい諜報活動をしていた。独裁打倒の俺の抵抗運動を話せば、清子のことだ、絶対に戦列に加わるだろう。実際に夫婦で活動している同志もいた。しかし、俺は彼女を巻き込みたくなかった。これは俺と祖国の問題だ。何かを知らせればそのとば口に清子と朋美を立たせてしまう。やって来るのが公安だけならまだましだ。俺は民主化潰しに動員された東声会《とうせいかい》の奴らともぶつかっていたからな」

「銀座の虎、町井の東声会……」

「何が起きてもおかしくなかった。だから音信を絶った」

「それで大阪に来たのか」

「ああ、そうだ。俺はそもそも偽名で暮らしていたが、顎のほくろをもぐりの医者にとってもらい、眼鏡で傷跡を目立たなくし、変装して日本中を逃げた」

「つまり、お前が姿を消したのは、文世光事件のせいだったのか」

「つてを頼って大阪に身を隠していたときに、助けてくれたのが、今の妻、ミジョンの父親だった。大阪は文の地元だから、むしろ俺と文との関係をわかってくれる人が多かった。ミジョンの父親が本名を名乗れるように取り計らってくれた。もう活動はしないという約束をして、それから、生まれ変わったつもりで暮らし始めた。過去を断ち切ったんだ」

　朋美は、一言も聞き漏らすまいと耳を傾けていた。

「なのに、なぜあとになって清子さんに手紙を出したんだ？」

「清子が立候補したときに、俺のことが報道され、いてもたってもいられなかった。だけど俺は、最低の人間だ。今さら会いに行くことなんてできない。それに清子は社会的に成功しているのに、俺なんかが出て行っても、迷惑なだけだ。二人の前に顔を出すことも、実際には無理だ。せめてもの思いで、手紙を書いて送った」

「俺は手紙が生野の消印だったことを清子さんから聞いて、お前を捜しに来たんだ」

「そうだろうと思った。ひょっとすると無意識に俺を捜し出して欲しかったのかもしれない。おこがましいよな」

「でも、杉原。今の奥さんも息子も、よそに娘がいることは知らないんだろう。手紙なんか出して清子さんや娘が訪ねて来たら、困るんじゃないか」

「ああ、それはそうだが」

ふたたび杉原がこちらを見たので、朋美は目を背けた。本当はここから立ち去ってしまいたいぐらいだった。

「実を言うと、息子は俺の子供じゃない。ミジョンの連れ子だ。活動を止《や》めたことを証明するために出戻っていたミジョンと入籍して、夫婦として暮らし始めたんだ。つまり、擬似家族だ。ミジョンの父親にそうするように言われた」

「今も偽の家族なのか」

「息子は俺を慕《した》ってくれているし、俺も父親のつもりで情があるが、ミジョンとは心が通わない。夫婦っていったって、見かけだけだ」

「清子さんとは違うってことか」

「清子のことは、本当に……」そこまで言って黙ってしまう。

「だけど、そういう事情じゃ、簡単に離婚もできないな」

「世話になった義父《ちち》も亡くなった。ミジョンだって俺のことなんてうんざりだろうが、お互いに別れたところで行くところもない。活動を止めた俺は、ただ生きて、死を待っている、それだけだ。考えてみたら、俺がこれまで生きてきて、残したものは、唯一、血を分けた娘だけだ」

　朋美は思わず杉原の顔を見た。視線がぶつかる。

「よかったら、お嬢さんに渡したいものがあるんだが」

　朋美は硬い表情で首をかしげた。

「俺の娘に渡したいもの？」

　黒沢が怪訝な顔で訊き返す。

「母親が死んで、密航して日本に来て以来、初めて韓国に帰ったんだ。その時にちょうどソウルオリンピックがあって、娘に土産を買った。渡すことはできないだろうから、お前の娘が代わりにもらってくれたら……」

「いつか会えるかもしれないじゃないか」

　黒沢が言うと、杉原は「もういいんだ」と目を伏せた。

　文具店に戻り、店の外で杉原を待った。黒沢も朋美も無言で、お互いに視線を合わせることもしなかった。

　杉原が両手でゴーフルの丸い缶を持って店から出てくる。

朋美は、トートバッグの取っ手を強く握った。このバッグの中にも同じものがある。杉原が蓋を開ける。

中に入っているのは、五輪マークが付いた服を着た虎のぬいぐるみ、ソウルの風景の絵葉書、七宝焼《しっぽうやき》のブローチなどだった。韓国の伝統的な布でできた巾着《きんちゃく》もある。

「娘の好物の菓子を渡せないまま別れたから、未練がましく缶を取っておいた」

杉原は蓋を閉めて、缶を差し出した。

むしろ自分の方がトートバッグから缶を取り出して、渡したかった。

朋美がもらいあぐねていると、黒沢が、「遠慮しないで、もらえ」と命じた。

缶を受け取ると、杉原が朋美に向かって、「ミアネ、クレド、サランへ」と呟いた。

6

二つのゴーフルの缶を鞄に入れ、のぞみに乗って東京に帰った。車中では眠った振りをして、黒沢と一言も口をきかなかったし、彼もそっとしておいてくれた。ずっと物思いにふけっていた。

杉原は工作員でもないし、特殊な人でもない。ただの文房具屋のおじさんで、大阪の空の下で日々を暮らしている平凡な人間だった。

実は娘だと告白すればよかったのか。

でも、どうしてもできなかった。

最後に杉原が呟いた韓国語は、どういう意味だったのだろう。

何と言ったか、正確に思い出せないが、その言葉を発したときの杉原の目に涙が滲んでいたような気がして、胸が塞がれる思いだった。

東京駅でのぞみを降りて、事務所に直接行くという黒沢と別れた。

朋美は公衆電話から母に電話をかけた。

「あら、朋美、めずらしいじゃない。あなたから電話なんて」

母の声を聞いたらほっとしてこんなに気持ちが軽くなるなんて、不思議な感じがする。

「ママ、元気？」

「元気よ、そっちは？」

「うん。ぼちぼち。仕事は順調。来月ソウルに取材に行くの。けっこう大きな特集なんだ」

「ソウル？」

「うん、韓国のソウルだよ」

母は、受話器の向こうで沈黙する。

「ねえママ」

呼びかけても、黙ったままだ。

「私はママの娘でよかったって思ってる」

「突然どうしたっていうの。あなた、おかしいわよ」

「ソウルでお土産買ってくるよ。なにがいい？　ママ、行ったことないでしょ？」

「お土産なんていらないから、仕事をしっかりしてきなさいよ」

受話器を置くと、親友のソン・ユリの顔が浮かんでくる。久しぶりに彼女と連絡をとってみようと思った。

エピローグ　朋美　二〇一四年

ウェスティン朝鮮ホテルのエグゼクティブラウンジで、母と二人、黙って上弦の月を眺めていた。

朋美の方から沈黙を破る。

「ねえ、ママ。実はね、私、お父さんに会ったの」

「なんですって？　いつ？」

母は朋美をじっと見つめる。

「二十年以上前だよ」

朋美は生野に父を訪ねたことを話した。

「そんな事情があっていなくなったなんて」

「ママと私のことを捨てたわけじゃなかったんだよ。むしろ、守ろうとした」

母は眉根を寄せて、しばらく考え込んでいた。

「黒沢さんは何も言ってなかったわ」

晩年は理香と暮らしていた黒沢も、二年前に亡くなった。

「私が口止めした」

「あの人はどんな様子だった？　元気だった？」

「体の具合が悪そうだったから、ずっと気になってたの。それで、ソウルから戻ってしばらくたった翌年の三月初め頃に、渡しそびれたゴーフルの缶を抱えて今度はひとりで生野に行ったの。自分が娘の朋美だって打ち明けるつもりでいた。だけど、会えなくて。お店が閉まっていて、自宅の方にも誰も住んでいなかった。だから、お父さんのことを教えてくれた金海さんに訊いたの。そうしたらね、お父さんは、私が会った三ヶ月後に亡くなって、奥さんと息子さんは引っ越してしまってた」

　その日父の話を聞いた公園に行ったが、寒い日だったせいかほとんど人はいなかった。植え込みの紅梅が咲いているのを見て泣いてしまったことを覚えている。

　そして東京に戻ってから二つのゴーフルの缶をクローゼットの奥にしまいこんだ。結婚や転居の際にも、どうしても処分ができず、今も残してある。

「もう、いないのね」母は、唇を嚙み締めた。瞳が濡れているように見える。

「あのとき、最後まで捜して、会いに行けばよかった」

「私も、娘だって言えばよかった」

最後に韓国語で父が呟いた言葉は、まったく覚えていないけれど、そのときの父の哀しげな瞳が思い出され、突き上げるような胸の痛みを感じる。

「あなたは私にそっくりね。今日まで黙っているっていうのも、どうかと思うわよ」

「ごめん」

搾《しぼ》り出すように言うと、母は、小さく溜息を吐いた。

「夢奈の素直さは、俊也《としや》さんに似たのね。あの子が、あなたに、いいえ、私に似なくて、本当によかった」

「ママが俊也を褒めたのは初めてだね」

母はサラリーマンで穏やかな性格の俊也を、凡庸だと言ってあまり気に入っていなかったのだ。俊也とは友達の紹介で付き合うようになった。朋美の出自のことも気にしない偏見のない人で、二年の交際を経て結婚した。その時いとこのさっちゃんは三人目の息子の出産と重なり、披露宴に出席できなかったのが残念だった。司会はソン・ユリがやってくれた。彼女は十年前に米国人と結婚したが、子供はいない。フリーのキャスターとして頑張っていて、本も二冊出している。

「別に褒めているわけでもないけど」

相変わらずの母に苦笑してしまう。

母に、「ずっと独身だったのは、やっぱり父のことが忘れられなかったからなのか」と訊こうとして、止めた。

今宵はこのまま二人で、ソウルの夜空に浮かぶ月を眺めて、ただ黙ってシャンパンを飲むだけにしよう。

朋美は、小学校の「山口正美さんの木」のことを思い浮かべた。

紅白の梅は、いまでは背も高くなり、毎年幾多の花を咲かせているに違いない。

来年の初春には母と夢奈、そして俊也と一緒に、梅の名所を訪ねたいと思った。

参考文献

『韓国現代史』 文京洙著 岩波新書（二〇〇五年）
『異邦人は君ヶ代丸に乗って ―朝鮮人街猪飼野の形成史―』 金賛汀著 岩波新書（一九八五年）
『コリアタウンに生きる 洪呂杓ライフヒストリー』 高賛侑著 エンタイトル出版（二〇〇七年）
『朝日ジャーナルの時代 1959-1992』 朝日新聞社（一九九三年）
『北朝鮮へのエクソダス 「帰国事業」の影をたどる』 テッサ・モーリス-スズキ著 田代泰子訳 朝日新聞社（二〇〇七年）
『在日朝鮮人 歴史と現在』 水野直樹 文京洙著 岩波新書（二〇一五年）
『ここに記者あり！ 村岡博人の戦後取材史』 片山正彦著 岩波書店（二〇一〇年）

この物語はフィクションです。実在の人物・団体とは一切関係ありません。

ひとかどの父《ちち》へ　朝日文庫

2018年5月30日　第1刷発行
2022年11月30日　第2刷発行

著　者　深沢《ふかざわ》　潮《うしお》

発行者　三宮博信
発行所　朝日新聞出版
〒104-8011　東京都中央区築地5-3-2
電話　03-5541-8832（編集）
03-5540-7793（販売）
印刷製本　大日本印刷株式会社

ISBN978-4-02-264885-3